共和国故事

前进号角

——四个现代化构想首次提出

王金锋 编写

吉林出版集团股份有限公司

图书在版编目（CIP）数据

前进号角：四个现代化构想首次提出/王金锋编. —
长春：吉林出版集团股份有限公司，2009.12
　（共和国故事）
　ISBN 978-7-5463-1748-9

Ⅰ. ①前… Ⅱ. ①王… Ⅲ. ①纪实文学–中国–当代 Ⅳ. ①I25
中国版本图书馆CIP数据核字（2009）第237716号

前进号角——四个现代化构想首次提出
QIANJIN HAOJIAO　　SI GE XIANDAIHUA GOUCI TICHU

编写　王金锋
责任编辑　祖航　息望
出版发行　吉林出版集团股份有限公司
印刷　三河市嵩川印刷有限公司

版次　2010年1月第1版		2022年1月第12次印刷
开本　710mm×1000mm　1/16		印张　8　字数　69千
书号　ISBN 978-7-5463-1748-9		定价　29.80元

社址　吉林省长春市福祉大路5788号
电话　0431-81629968
电子邮箱　tuzi8818@126.com
版权所有　翻印必究
如有印装质量问题，请寄本社退换

前　言

自1949年10月1日中华人民共和国成立至今,新中国已走过了60年的风雨历程。历史是一面镜子,我们可以从多视角、多侧面对其进行解读。然而有一点是可以肯定的,那就是,半个多世纪以来,在中国共产党的领导下,中国的政治、经济、军事、外交、文化、教育、科技、社会、民生等领域,都发生了深刻的变化,中国人民站起来了,中华民族已屹立于世界民族之林。

60年是短暂的,但这60年带给中国的却是极不平凡的。60年的神州大地经历了沧桑巨变。从开国大典到60年国庆盛典,从经济战线上的三大战役到经济总量居世界第三位,从对农业、手工业、资本主义工商业的三大改造到社会主义市场经济体制的基本确立,从宜将剩勇追穷寇到建立了强大的国防军,从废除一切不平等条约到独立自主的和平外交政策,从"双百"方针到体制改革后的文化事业欣欣向荣,从扫除文盲到实施科教兴国战略建设新型国家,从翻身解放到实现小康社会,凡此种种,中国人民在每个领域无不留下发展的足迹,写就不朽的诗篇。

60年的时间在历史的长河中可谓沧海一粟。其间究竟发生了些什么,怎样发生的,过程怎样,结果如何,却非人人都清楚知道的。对此,亲身经历者或可鲜活如昨,但对后来者来说却可能只是一个概念,对某段历史的记忆影像或不存在,或是模糊的。基于此,为了让年轻人,特别是青少年永远铭记共和国这段不朽的历史,我们推出了这套《共和国故事》。

《共和国故事》虽为故事,但却与戏说无关,我们不过是想借助通俗、富于感染力的文字记录这段历史。在丛书的谋篇布局上,我们尽量选取各个时代具有代表性或深具普遍意义的若干事件加以叙述,使其能反映共和国发展的全景和脉络。为了使题目的设置不至于因大而空,我们着眼于每一重大历史事件的缘起、过程、结局、时间、地点、人物等,抓住点滴和些许小事,力求通透。

历史是复杂的,事态的发展因素也是多方面的。由于叙述者的视角、文化构成不同,对事件的认知或有不足,但这不会影响我们对整个历史事件的判断和思考,至于它能否清晰地表达出我们编辑这套书的本意,那只能交给读者去评判了。

这套丛书可谓是一部书写红色记忆的读物,它对于了解共和国的历史、中国共产党的英明领导和中国人民的伟大实践都是不可或缺的。同时,这套丛书又是一套普及性读物,既针对重点阅读人群,也适宜在全民中推广。相信它必将在我国开展的全民阅读活动中发挥大的作用,成为装备中小学图书馆、农家书屋、社区书屋、机关及企事业单位职工图书室、连队图书室等的重点选择对象。

编　者

2010年1月

目录

一、中央的决策

周恩来提出四个现代化蓝图/002

周恩来阐释四个现代化/009

制定实现四化的具体步骤/014

科学院推出系列举措/017

二、农业现代化

中央成立农业科学院/028

农机院推动农业机械化/033

毛泽东批建第一拖拉机厂/038

中央号召为农业生产制造化肥/044

三、工业现代化

矿产工业推动四个现代化/050

鞍钢为工业现代化作贡献/056

中央号召"工业学大庆"/064

毛泽东号召进行三线建设/072

四、国防现代化

毛泽东号召建立现代化军队/080

陈赓受命创建哈军工/083

目录

毛泽东号召发展尖端武器/089

中央指示大力发展潜艇/095

五、科技现代化

中央决策发展航空科技事业/100

中央大力促进半导体科技发展/105

中央推动电子科技现代化/110

毛泽东号召发展航天科技/114

一、中央的决策

- 周恩来指出,四个现代化的内容是:工业、农业、科学、国防四个现代化。

- 周恩来的观点是:没有现代化的技术,就没有现代化的工业。

- 李富春在信中指出:这个规划必须是向科学和技术进军的规划,必须是迎头赶上世界先进科学技术水平的规划。

周恩来提出四个现代化蓝图

1954年9月15日,第一届全国人民代表大会第一次会议在北京中南海怀仁堂庄严开幕。

15时,天安门前,晴空里升起了五星红旗。会议的开幕式由毛泽东主持。

当毛泽东和朱德、刘少奇、宋庆龄、周恩来、李济深、张澜、林伯渠、董必武等在主席台上出现时,全场响起了经久不息的掌声。

毛泽东在开幕词中指出:

> 我们的总任务是团结全国人民,争取一切国际朋友的支援,为了建设一个伟大的社会主义国家而奋斗,为了保卫国际和平和发展人类进步事业而奋斗。

这个开幕词简短而有力,毛泽东以坚定的声音宣告了中国人民的总任务,他说的每句话都深深地印在每个人的心里。代表们一次又一次地热烈鼓掌。在全国各地,人们在收音机前倾听着。

在毛泽东的开幕词结束后,乐队奏起庄严的国歌。接着,全场起立,为在中国人民革命事业中牺牲的革命烈士默哀3分钟。

16时,第一届全国人大一次会议举行。刘少奇作《关于中华人民共和国宪法草案的报告》。刘少奇的报告历时3个多小时,到19时25分结束。代表们对报告不断热烈鼓掌。

9月23日,会议进入第三项议程,讨论和通过政府工作报告。9月23日15时,中央人民政府政务院总理周恩来代表中央人民政府作政府工作报告。

周恩来在报告中对新中国成立5年来在恢复国民经济、工业化建设、发展农业、对资本主义工商业改造、教育和科学文化建设、政权建设、外交工作等方面取得的成就做了全面的说明,指出了国家建设中的困难、问题和工作上存在的缺点。

周恩来在《政府工作报告》中说:

> 中国的经济原来是很落后的。如果我们不建设起强大的现代化的工业、现代化的农业、现代化的交通运输业和现代化的国防,我们就不能摆脱落后和贫困,我们的革命就不能达到目的。

这是周恩来最早提出的关于四个现代化的初步思想。同时周恩来还对我国的工业化作了指导,他在《政府工作报告》中说:

我们原有工业的基础虽然薄弱，却是目前我国工业产品、工业利润和工业人才的主要来源，忽视这个基础是完全错误的。

我们必须充分利用原有的工业基地和工业企业，发挥它们的潜在力量，增加生产品的产量和品种，使它们在国家建设中发挥重大的作用，为国家建设积累资金，培养人才和供应设备，并且供应人民的需要。

但是我国原有的工业究竟是非常落后的、零散的、不平衡的，因此，为了实现我国的工业化，就必须主要地依靠新的工业特别是重工业的建设。

报告历时两个小时，不断地被热烈的掌声所打断。报告结束后，许多代表相继进行发言。

在这个《政府工作报告》里，已经有了四个现代化的初步想法，但还没有把科学技术现代化概括在四个现代化之内。不过这个报告已经有了"没有现代化的技术，就没有现代化的工业"的思想。

在新中国成立初期，周恩来为了改变中国"一穷二白"的面貌，在比较短的时间内赶上世界发达国家水平，就强调必须着重实现国家工业化的问题。

1956年9月15日至27日，在北京政协礼堂举行了中国共产党第八次全国代表大会。

周恩来在大会上所作的报告中提出了"建成一个基本上完整的工业体系"的建设方针，这一方针为党的八大所确定。周恩来指出：

> 中国社会主义工业化的主要要求，就是要在大约三个五年计划时期内，基本上建成一个完整的工业体系。

这个方针，把过去的为社会主义工业化而奋斗的提法具体化了。周恩来进一步解释说：

> 我们所说的在中国建立一个基本上完整的工业体系，主要是说：自己能够生产足够的主要的原材料；能够独立地制造机器，不仅能够制造一般的机器，还要能够制造重型机器和精密机器，能够制造新式的保卫自己的武器，像国防方面的原子弹、导弹、远程飞机；还要有相应的化学工业、动力工业、运输业、轻工业、农业等等。

为了尽快改变中国经济的落后状况，1959年12月，周恩来提出了"很快地建成一个独立的经济体系的任务"，他说：

> 我们的国家很落后,比起工业发达的国家,我们不仅经济上落后,而且生活水平以及科学文化水平也不高。

要摆脱这种落后状态,就得很快地建成一个独立的经济体系,这包括工业、农业、财政、贸易、文教、科学、国防等各方面。

1963年8月,周恩来设想经过1963年至1965年三年过渡和1966年至1975年的十年规划实现"基本建立一个独立的国民经济体系"的发展目标。周恩来解释说:

> 国民经济体系不仅包括工业,而且包括农业、商业、科学技术、文化教育、国防各个方面。工业国的提法不完全,提建立独立的国民经济体系比只提建立独立的工业体系更完整。

这个设想不仅对工业现代化,而且对农业、国防、科技现代化,都提出了更高的要求。

周恩来是四个现代化战略目标的首倡者和奠基人,他为四化建设提出的许多卓越论断是与他个人的志向及经历密不可分的。

青年时代的周恩来就满怀救国救民的豪情和志向,并为之而奋斗。1917年,周恩来赴日本求学时,给同学写的临别赠言就是："愿相会于中华腾飞世界时。"

19世纪20年代，刚刚加入共产党的周恩来，就设想"一旦革命告成，政权落到劳动阶级手里，那时候乃得言共产主义发达实业的方法"，才能够"大规模生产得以实现，科学为全人类效力"。

新中国成立后，周恩来担任政务院总理，立即着手国民经济的恢复和建设。周恩来经常深入实际调查研究，深入群众，倾听大家的意见。

周恩来曾3次到大庆，7次到浙江，他的足迹遍及全国各地的重要企业，在河北城乡和浙江都有他调查研究的点。

在周恩来领导中国国民经济恢复时，他认识到："现在，全国的工作已经开始从军事方面转向建设方面。""农业的恢复是一切部门恢复的基础。""无论什么时候都不能取消或忽视乡村这个广大的农业基础。"

在周恩来领导制订和执行第一个五年计划时，他深切地感到"我们现在所进行的各项建设，正在愈来愈多地需要知识分子的参加"。知识分子"已经成为我们国家的各方面生活中的重要因素"，成为"国家的宝贝"。

新中国成立以后周恩来分管外交，经常接待外宾和出国访问，他十分注意世界风云变化，及时地了解到世界的发展趋势。在1950年1月至1954年7月间，周恩来就出访了苏联、捷克斯洛伐克、瑞士、印度、缅甸、德意志共和国、波兰、蒙古等国。

周恩来在会见外宾时,总是抓住机会,了解世界各国的情况,做调查研究。周恩来说:"接见外宾,不只是做工作的好机会,也是调查研究,向人家多方面学习的好机会,这是送上门来的好机会,不要放过。"

周恩来是我们党第一代领导集体中最早提出四个现代化奋斗目标和步骤的领导人。周恩来是中国社会主义现代化建设的领导者和组织者之一。

周恩来亲自领导了新中国成立后的国民经济恢复,领导制订和超额完成了第一个五年计划,为中国的工业化打下了初步基础。

之后,周恩来又在国际上霸权主义对我经济封锁,大国沙文主义撕毁协议、撤退专家、施加压力和党内"左"倾思想泛滥的情况下,为中国社会主义四个现代化的实现做了不懈的努力。

周恩来同志为中国四个现代化作出了巨大贡献,他为中国的社会主义建设献出了毕生心血。

周恩来阐释四个现代化

1960年2月，中国南方的广东，已经是春暖花开。周恩来在广东从化《政治经济学（教科书）》读书小组研讨会上作了发言。在发言中，周恩来指出，四个现代化的内容是：

工业、农业、科学、国防四个现代化。

这是周恩来同志以明确的概念将四个现代化进行阐述。在此之前，周恩来同志在不同场合、不同时间，对四个现代化作过多次的阐述，多次的探索。

1957年8月4日，周恩来在民族工作座谈会上的讲话中，把现代化与工业化并提。周恩来说：

经济改革是各民族必须走的路，走这条路才能工业化、现代化。

工业化、现代化了，经济生活才能富裕，民族才能繁荣，各族人民才能幸福。

1959年12月，周恩来提出了"建成一个独立的经济体系"任务。同时，周恩来还提出：

需要加快建设我们的国家，使我们的国家更快地成为具有现代工业、现代农业、现代科学文化和现代国防的社会主义强国。

周恩来完整地提出四个现代化的概念，并把它作为社会经济发展的战略目标，是 1960 年初开始的。

1960 年 1 月 4 日，周恩来明确指出：

在社会主义经济建设方面，我们提出四个现代化的要求：现代化工业、现代化农业、现代化科学文化和现代化国防。

1960 年 2 月，周恩来在广东从化《政治经济学（教科书）》读书小组研讨会发言中更明确地指出：四个现代化的内容是"工业、农业、科学、国防四个现代化"。

1963 年 1 月 29 日，周恩来在上海科学技术工作会议上讲话指出：

我们要实现农业现代化、工业现代化、国防现代化、科学技术现代化，简称"四个现代化"。

周恩来通过不断的探索，使四个现代化概念得以清晰。

什么是农业现代化？

农业现代化的主要内容是农业实现机械化、水利化、电气化、化肥化、良种化等。

1960年10月17日，周恩来在总结"大跃进"教训时指出，我们的农业还没有过关，三个化机械化、水利化、化肥化，还要加上良种化。他说"土、种是根本"。而实现农业现代化的决定性因素是要掌握和运用现代科学技术。

1963年2月26日，周恩来指出，要做到农业解决化肥、种子、农药、机械、水利、土壤等问题，这些问题都和科学技术有关。

什么是工业现代化？

工业现代化主要是工业技术现代化，基本内容是工业生产机械化、自动化、电气化和化学化，用世界最新的技术把工业的各方面装备起来。

周恩来的观点是：没有现代化的技术，就没有现代化的工业。

1961年3月20日，周恩来说：

> 我们调查了生铁、炼钢、采煤、有色金属、木材、基本建设、机械工业、短途运输等八个行业，小土群需要劳动力1300万人，而机械化只需要600万人。

因此，我们应该加速"小土群"的转化，迅速转上"小洋群"。

1961年3月20日，周恩来在广州中央工作会议上讲话。他说：

要实现工业现代化就要掌握和运用原子、电子、喷气等最新的技术。

管理现代化是工业现代化的内容之一。周恩来在50年代就不断强调推进工业生产的专业化和协作。

什么是国防现代化？

周恩来说："尖端的国防，即原子、电子、导弹、航空要更快地搞起来，从而建立起现代化的国防工业和现代化的国防力量。"

国防现代化主要是掌握和运用尖端科学技术基础上的国防工业和国防力量的现代化。国防现代化的核心是建设一支强大的现代化的革命军队。这支军队"对现代化装备不仅要懂得运用，还要懂得它的性能、原理"。在现代化装备方面，除了尖端还有常规。

1962年6月8日，周恩来指出：

现在的常规不是第二次世界大战时的常规了，尖端主要是指原子、电子、导弹、超音速飞机等，其他都是常规，是现代技术水平上的常规。

什么是科学技术现代化？

周恩来在探讨农业现代化、工业现代化、国防现代化时都联系到了科学技术现代化。科学技术现代化主要是指把世界科学最先进的成就介绍到中国各个部门中来，用世界最新的技术把中国各个方面装备起来，使中国在科学技术方面达到国际先进水平。

当时，周恩来所指的科学技术现代化的具体标志是掌握和运用原子、电子、超音速等现代的科学技术。

1962年6月8日，周恩来说：

> 现在既不是30年代，也不是40年代，接近70年代了，是原子、电子时代，技术水平提高很快，这在第二次世界大战时是没有的。
>
> 原子、电子时代，改变了很多东西，在这个意义上来说，只能是逐步实现，逐步提高，不可能一步攀登高峰，要有个正确的认识。

这里周恩来不仅指出了科学技术现代化的具体标志，而且提出了"逐步实现，逐步提高"的方法。

制定实现四化的具体步骤

1964年12月21日至1965年1月4日,第三届全国人民代表大会第一次会议在北京举行,出席的代表3040人。在这次大会上,周恩来作了政府工作报告,报告首次提出:

在不太长的历史时期内,把我国建设成为一个具有现代农业、现代工业、现代国防和现代科学技术的社会主义强国。

这就是著名的四个现代化,它首次以政府工作报告的形式向全国人民发出号召。周恩来同时提出,为了在中国实现四个现代化的任务,可以分两步走。

从第三个五年计划开始,中国的国民经济发展,可以按两步来考虑:
第一步,建立一个独立的比较完整的工业体系和国民经济体系;
第二步,全面实现农业、工业、国防和科学技术的现代化,使中国经济走在世界的前列。

会议通过了关于政府工作报告、1965年国民经济计划主要指标和1965年国家预算初步安排的决议。决议批准政府工作报告、批准国务院提出的1965年国民经济计划主要指标和1965年国家预算的初步安排。

这次大会为以后的工作作了具体的安排部署，为在中国实现四个现代化提供了依据。

其实，自有了四个现代化的构想以后，周恩来就一直在考虑如何在中国实现它的问题。

周恩来认为，在中国实现四个现代化的关键在于科技的现代化。1963年1月，周恩来在上海科学技术工作会议上指出：

> 中国过去的科学基础很差。我们要实现农业现代化、工业现代化、国防现代化和科学技术现代化，把我们祖国建设成为一个社会主义强国，关键在于实现科学技术的现代化。

当时党内有些人热衷于提出用较短时间赶超美国和苏联。周恩来不赞同这种说法。周恩来一贯坚持实事求是、积极稳妥地进行经济建设的思想。

针对党内这种不切实际的赶超思想，周恩来明确地指出：

> 提出用23年的时间超过美国和苏联，可能

快了些。我看不要把走在世界最前列作为重点，还是提四个现代化。

1964年12月，周恩来在第三届人大第一次会议上，提出了分两步走的战略。

1975年1月，在四届人大第一次会议上，周恩来重申了他在三届人大上提出的分两步走，在中国实现四个现代化的目标，并为目标的实现规定了具体时间。他说：

> 第一步，用15年时间，即在1980年以前，建成一个独立的比较完整的工业体系和国民经济体系；
>
> 第二步，在本世纪内，全面实现农业、工业、国防和科学技术的现代化，使中国国民经济走在世界的前列。

周恩来提出四个现代化的过程，是他对中国繁荣富强之路的探索过程。在这个探索过程中，周恩来同志对中国社会主义建设的战略目标、战略步骤的认识日益深化。

周恩来为探索符合中国国情的社会主义建设道路作出了卓越贡献。四个现代化步骤的提出，使它的实行更具有了可行性，在周恩来的指导下，新中国的社会主义建设向现代化前进。

科学院推出系列举措

1956年7月28日,中国科学院第二十次院务常务会议召开。会议决定成立计算技术研究所、自动化及远距离操纵研究所以及电子学研究所的筹备委员会,华罗庚、钱伟长、李强分别任这3个筹委会的主任委员。

首先,半导体方面,则先在应用物理研究所建立半导体物理研究小组,由王守武负责。除了把科学院现有的这几个学科的有关研究人员集中到这几个研究单位以外,还从产业部门和高等学校调集有关学科的研究人员。

其次,在某些高等学校设置相应的新专业,科学院利用讲习班等形式协助培养研究人才。调整留学生的学习科目,使更多的人进入新学科领域学习,同时选派人员到苏联进行一至二年的学习,掌握新学科。

再次,建立协作关系。

中国科学院的这一系列举措,是在《发展计算技术、半导体技术、无线电电子学、自动学和远距离操纵技术的紧急措施方案》的指导下进行的。这一方案简称"四大紧急措施"。四项紧急措施的制定,要从"十二年科学规划"谈起。

1956年1月,中共中央召开了全国知识分子问题会议。会议以后,在全国很快出现了"向科学进军"的热潮。1956年1月25日，毛泽东同志在最高国务会议上说：

> 我国人民应该有一个远大的规划，在几十年内，努力改变我国在经济上和科学文化上的落后状况，迅速达到世界上的先进水平。

过了五天，在政协二届二次全体会议上，周恩来明确提出了"向现代科学大进军"号召。号召要求国家计划委员会、中国科学院和有关部门，在4月份以前，制定出1956到1967年的"十二年科学技术发展远景规划"。

对于这个规划的总的方针和要求，周恩来也作了明确指示，他说：

> 这个远景规划的出发点，是要按照需要和可能，把世界科学的最先进成就尽可能迅速地介绍到我国来，把我国科学事业方面最短缺而又最急需的门类，尽可能迅速地补充起来，根据世界科学已有的成就来安排和规划我们科学研究工作，争取在第三个五年计划期末使我国最急需的科学部门能够接近世界先进水平。

这成为制定"十二年科学规划"总的指导思想和依

据。制定这样一个科学规划，是我国有史以来的第一次。

中央对此非常重视，除决定由周恩来亲自抓以外，还决定由陈毅、李富春具体组织领导。聂荣臻直接领导武器装备方面的规划制定工作。

1956年4月，国务院召开了制定科学技术远景规划的专门会议。对制定这个规划的意义、方针、基本内容和要求，以及如何进行规划等问题，进行了深入的研究。

为了加强领导，国务院在这次会议上还决定成立由有关部门领导组成的10人小组，负责主持和领导规划的制定工作。其成员有：范长江、张劲夫、刘杰、于光远、武衡等，后来杜润生也参加了这项工作。

在制定科学规划的过程中，参加制定规划的同志首先研究了方针、原则问题。关于方针问题，大家提出两条路线。

一条是一切都靠我们自己从头摸索前进；另一条是在自力更生的前提下，先学会世界上已有的科学成就，然后再在这个基础上继续前进。

经过讨论，大家同意了第二条道路。认为这是追赶世界科学先进水平的符合多、快、好、省精神的正确方针。

关于规划的原则，各方面的意见分歧也较大，主要是两种意见，一种是按任务来规划，另一种是按学科来规划。

按任务规划，就是根据国民经济和国防建设对于科学技术所提出的任务来进行规划，目标方向明确，可以密切配合国民经济和国防的发展。

按学科规划，也有它的长处，科学家可以很容易按照自己学科的专长和已有的科研机构进行规划。但在我国当时的条件下，这个办法会有相当大的缺点。

经过充分讨论，最后确定了按任务带学科作为这次规划的基本原则。但同时不排除一些探索性、理论性的课题可以按学科和已有的研究机构来规划。

但这样还是引起了一部分科学家的思想波动，以为这是对理论的轻视。后来周恩来指示，又加了一章"现代自然科学中若干基本理论问题的研究"，对基础学科的研究工作作了比较恰当的安排，并且把它列为重点之一，这才使这场争论平静下来。

制定这样一个规划，是一项非常艰巨、非常细致的工作，如果没有一个好的办法和步骤，很难事半功倍。为此，制定规划的同志花费了不少精力。

最后比较一致的意见是，先由中国科学院、各高等院校、产业部门和国防部门分别制定出各自的规划，然后交国务院汇总，由集中起来的一批专家对各部门的规划初稿进行审查综合和汇编。

当时集中了600多名国内各方面的科学家和技术人员，住在北京专门进行这项工作，前后搞了四五个月。

另外，还专门邀请了一些苏联专家当顾问，帮助拟订和审议规划。首先来的是10个人的科学家小组，后来又来了苏联专家组负责人马里采夫和拉扎连柯。

制定这样一个全国性的长远科学规划,核心的问题是怎样引导我国的科学技术更快地赶上世界先进水平。根据周恩来确定的总的指导思想,又经过周密的调查研究,对规划的内容确定了几个重要方面。

1956年8月下旬,"十二年科学规划"的制定接近尾声。在陈毅的主持下,中共中央召开了国务院科学规划委员会扩大会议。

会议中通过《关于科学规划工作向中央的报告》,从而完成了"十二年科学规划"编制任务。"十二年科学规划"从13个领域提出了57项重要科学技术任务,并从其中提炼出更带有关键意义的12个科学研究重点:

原子能的和平利用;

无线电电子学中的新技术;

喷气技术;

生产过程自动化和精密仪器;

石油及其他特别缺乏的资源的勘探,矿物原料基地的探寻和确定;

结合我国资源情况建立合金系统并寻求新的冶金过程;

综合利用燃料,发展重有机合成;

新型动力机械和大型机械;

黄河、长江综合开发的重大科学技术问题;

农业的化学化、机械化、电气化的重大科学问题；

危害我国人民健康最大的几种主要疾病的防治和消灭；

自然科学中若干重要的基本理论问题。

军工方面，由航空工业委员会、总参装备计划部国防工业部的同志参加，共同拟订了武器装备发展规划作为"十二年科学规划"的组成部分。当时确定的初步目标有：

在利用民用科研成果的基础上，准备开展地对空、空对空等各种防御性战术导弹和火箭的研究、原子能作为军用动力堆的研究；电子学方面进行提高雷达探测距离，武器装备自动化和通信装备小型化等的研究；喷气飞机提高速度、高度和其他性能的研究；潜艇、快艇等各型舰艇提高速度、续航力和装备系统自动控制的研究；坦克、火炮等进行重量、改善越野性能和自行火炮的研究；军事医学科学方面进行防原子、防化学、防生物武器的研究。

规划中还有一部分国际科技合作的项目，像派留学生、研究生和研究人员出国学习、考察，请一些外国科学家来华讲学、提供咨询意见，与苏联、东欧国家建立科学联系和共同进行某些研究项目等。

当时主要是与苏联合作，为此，1957年11月我国派出以郭沫若为首，有若干著名科学技术专家参加的中国科学技术代表团到苏联访问，确定了122个科技合作项目。

在制定科学规划的过程中，中国科学院领导张稼夫做了很多事情，促进了科学规划的制定。

1954年，国家计划委员会颁发了编制"十五年国家经济长远规划"的要求。1954年6月间，张稼夫就委托学术秘书处讨论科学规划的事情。

学术秘书处根据国家计划委员会颁发的编制"十五年国家经济长远规划"的要求，分别召集院内外科学家，对数理、生物、地学、技术科学、哲学社会科学等方面的规划问题进行了座谈。1954年10月，中国科学院院长顾问、苏联专家柯夫达来到北京。张稼夫经常和柯夫达研讨科学院的长远规划问题。

1955年1月，柯夫达提出了《关于规划和组织中国全国性的科学研究的一些办法的建议》。张稼夫把建议提交党组研究。1955年2月12日，张稼夫又把柯夫达的建议上报给了中共中央和周恩来、陈毅。

1956年1月5日，国家计委主任李富春遵照毛泽东"全面规划，加强领导"的指示，给张稼夫写了一封信。

在信中，李富春谈到制定"十二年科学规划"的方针、方法和内容，要求科学院主要作重点学科的发展规划。李富春在信中指出：

>这个规划必须是向科学和技术进军的规划，必须是迎头赶上世界先进科学技术水平的规划。

张稼夫接到信后，于同月7日召开了中国科学院党组会议。确定按照来信的要求，如期提出科学院的"十二年科学规划"。规划的重点，主要是重要学科的发展计划和重要专题的研究项目。中国科学院党组要把制定这一规划作为科学院工作的中心环节，组织力量大力进行。

1956年1月14日至20日，正是严冬，离春节也只有不到一个月的时间。中共中央在北京召开了知识分子问题会议。张稼夫参加了这次会议。

知识分子问题会议刚刚开完，张稼夫就投入到"十二年科学规划"的制定工作上来。他的身体本来就不太好，青年时期曾患过肺病，并多次发作，一个肺已经萎缩，走起路来身体有点倾斜。

在科学院，张稼夫白天忙于开会，找人谈话，拜访科学家。往往要到晚上夜深人静的时候才能腾出时间批阅文件，处理公文。所以，张稼夫每天要到十一二点钟才能上床休息。

党组会议，多半是在晚上召开，而且开得很晚才能散会，而他的饮食又很简单，总是粗茶淡饭。每天下来，十分疲劳。

正当科学战线紧张地制定"十二年科学规划"的时候，由于健康原因，张稼夫深感力不从心，不得不向中共中央和国务院提出调动工作的请求。张稼夫向陈毅谈了自己的身体情况和请求调换工作的想法，并书面提出了接替他工作的具体人选的建议。

中共中央考虑到张稼夫的身体情况，同意了他的请求，决定调他到国务院第二办公室任副主任，由原地方工业部党组书记张劲夫接替他的职务，二办副主任范长江抓全国"十二年科学规划"工作。

1956年3月15日，国务院科学规划委员会成立。由陈毅任主任，李富春、郭沫若、薄一波、李四光为副主任。张稼夫是科学规划委员会委员和副秘书长，继续参与制定科学规划工作。

在科学规划委员会成立之前，科学院党组书记新旧交替期间，张稼夫于1956年3月10日以科学院党组名义向中共中央写了一个报告。

报告中讲了中国科学院制定"十二年科学规划"第一阶段进行工作的情况，并提出了他对当前科学工作中存在的主要问题的看法和对今后工作的具体意见，以供中央参考。

在第二阶段制定规划的过程中，张稼夫常去西郊宾馆参加制定规划的工作会议，范长江、张劲夫对张稼夫提出的有关规划的意见十分尊重。

在张劲夫未到科学院正式接任党组书记之前,张稼夫仍和苏联顾问拉扎连柯保持工作联系,拉扎连柯自始至终参加了制定规划的工作,而且出了许多好主意。

在制定"十二年科学技术远景规划"的过程中,为了发展无线电电子学、自动化、半导体和计算技术这四个在现代科学技术发展中具有关键作用的新学科领域,使其在短时期内改变现状,接近国际水平,科学规划委员会提出《发展计算技术、半导体技术、无线电电子学、自动学和远距离操纵技术的紧急措施方案》。

"四项紧急措施实施方案"报到国务院后,周恩来亲自过问审议,立即批准,并同意由科学院迅速集中科技力量,着手筹建有关研究机构。

"十二年科学规划"和四项紧急措施的制定,对我国科学研究事业的发展起了重要的推动作用。四项紧急措施的快速实施,为中国在计算技术、自动化、电子学、半导体以及一系列有关领域的发展奠定了基础,为工业和国防现代化提供了必要的科学技术条件。

二、农业现代化

● 1957年3月1日,中国农业科学院正式成立。从此,中国的农业发展有了坚强的科学后盾。

● 国家科委在批复中明确批出:中国农业机械化科学研究院是全国农业机械化综合科研机构。

● 谭震林庄严地向世人宣布:中国人民耕地不用牛的时代终于来临了。

中央成立农业科学院

1957年3月1日,在首都北京,中国农业科学院成立大会正在召开。许多农业科学家参加了这次大会。时任国务院副总理的邓子恢也出席大会并作了指示。

不久,中央批准任命丁颖为中国农业科学院第一任院长。丁颖是广东省高州县人,周恩来称其为"中国人民优秀的农业科学家"。

中国农业科学院是我国最大的以农牧业为主的农业科研机构。它为新中国的农业发展作出了重大贡献。

新中国成立初期,中央在原有农业机构的基础上,相继改组成立了东北、华北、华东、华中、华南、西南、西北大区农业科学研究所。

1954年8月14日,中央农业部党组给中央农村工作部核转中央《关于筹建农业科学研究院向中央的报告》中提出:

> 目前国家进入计划经济建设,农业增产任务很大,农业生产合作社迅速发展,对农业科学技术的要求日益增加,所以农业科学研究工作必须相应地加强,否则必然会给国家经济建设造成极大的困难。

因此选拔一批全国著名的农业科学家组织中国农业科学研究院，以便统一与加强全国农业科学研究工作的领导，实感迫切需要。

　　报告同时认为"正式成立中国农业科学研究院是一件重要而复杂的工作"，必须先建立筹备委员会。

　　1954年9月16日，这个报告得到了中央农村工作部的批复。批复肯定了建立农业科学研究机关的必要性，同意农业部党组先行成立筹备小组的意见。

　　另外还要求"中央农业部与林业部、水利部商讨，在将来成立农业科学研究院时，最好能够把农业、林业和农田水利合在一起，成立一个综合的科学研究机关"，森林工业部分可除外。

　　1954年10月18日，农业部农政总局针对中国农业科学研究院筹备小组成立情况向党中央作了汇报。农业部农政总局在《关于中国农业科学研究院筹备小组成立情况的报告》中说：

　　根据中央农村工作部9月16日关于筹设中国农业科学研究院的批示，并经刘瑞龙副部长当面批示，中国农业科学院筹备小组于10月14日正式成立。

　　1954年10月14日，在杨显东副部长的领导下，中国农业科学院筹备小组召开了第一次小组会议。会议决定由万众一任组长，刘定安、孙森甫任副组长。陈凤桐、刘春安、唐川、张子明为组员，分管华北、华东、东北、中南地区。

1955年2月，全国科联召开了农林学会各专门学会的学术讨论会。在学术讨论会上，中国科学院李四光副院长作了发言。

李四光提议，仿照工业部门的先例，建立"农、林、水利科学工作协调委员会"，使有关农、林、水、气象等方面的科学研究力量和研究活动步调统一，密切配合，更好地为国家合作化和农业增产服务。

这个提议得到农业部和全国科联的积极赞同。到会的科学家们一起讨论了李四光的提议，最后大家一致同意通过。

1955年7月24日，全国科联召集在京农林学科各专门学会的常务理事，共同召开了一个联系会，在联系会上专门讨论和修订了农业部与全国科联共同起草的《农、林、水利科学研究协调委员会简则（草案）》。

同时，在联系会上，各学会还分别推选出了参加协调委员会的名单。联系会还商请高教部、林业部、水利部和气象局分别指派参加协调委员会的人选。

1955年8月2日，在农业部和全国科联的共同邀请下，来京出席第一届二次全国人民代表大会的农业科学家，各学会选出参加协调委员会的在京的科学家，以及国务院七办、国家计委、农业部、高教部、水利部、林业部、气象局等行政单位的有关人员共 30 余人，举行了座谈会。

座谈会就协调委员会的名称、任务、组织和领导关系，进行了详细讨论。

到会人员一致同意农业部和全国科联所拟的简则草案，并提出为了重点明确、主体突出，主张把"农、林、水利科学工作协调委员会"的名称改为"农业科学研究工作协调委员会"。

在这次座谈会上，还宣布通过了各有关部门、学会分别推选出席参加农业科学研究工作协调委员会的名单。

1955 年 9 月 9 日，农业部给国务院七办及国务院总理提交了《关于建立农业科学研究工作协调委员会的报告》。在报告中，同时提交了推选出来的参加协调委员会的名单。

1955 年 10 月 31 日，国务院批复了这个报告。国务院同意建立农业科学研究工作协调委员会，并核定作为农业部的机构，由农业部领导；同意协调委员会简则及名单。

《农业科学研究工作协调委员会简则（草案）》规定，"协助国家主管业务部门筹建中国农业科学院"是农业科学研究工作协调委员会的任务之一。同时还规定：

中国农科院筹备小组为农业科学研究工作

协调委员会的日常办事机构。

1956年4月23日,农业部向国务院七办以及周恩来提交了《关于筹建中国农业科学院问题的报告》。在报告中,农业部提出:

> 多次与党内外科学家就筹建中国农科院问题恳切交换意见,一致认为正式成立中国农科院已刻不容缓。

报告还对中国农业科学院的任务、组织形式等相关事宜作了详细汇报。不久,国务院作了批复,同意建立中国农业科学院,为中国的农业现代化服务。

1957年3月1日,中国农业科学院正式成立。从此,中国的农业发展有了坚强的科学后盾。中国农业科学院为中国农业的科学化、现代化作出了许多贡献。

农机院推动农业机械化

1965年,中国第八机械工业部发布命令,南京农业机械化研究所、江西水田机械所、贵州山地机械所等一批部属农机科研单位和依兰、南昌、鄂温克等一批试验站全部划归中国农业机械化科学研究院领导。

全国各省、市、自治区农机化科研单位及部属高校、农机工厂的科研工作由中国农机院统一归口管理。

至此,我国农机化科研工作初步形成了从中央到地方,从综合性研究到专业研究,覆盖全国的农机科研体系。

其实,中国农业机械化科学研究院由建立到发展完善经历了一个长期的过程。

中国农业机械化科学研究院的前身为1956年10月成立的一机部农业机械研究所和成立于1957年8月的中国农业科学院农业机械化研究所。

这两个研究所都是为落实国家科学技术发展规划中关于对农业进行技术改造、逐步实现农业生产机械化、加快农业机械科学研究这一历史任务采取的具体措施。

一机部农业机械研究所1960年扩建为农业机械部农业机械科学技术研究院。在1956年至1962年创建阶段,它和中国农业科学院农业机械化研究所研制了大量适合我国农业特点的新型农业机械。

但是，由于两个单位的研究设计任务基本相同，出现了不少课题重复研究的现象，这样造成了科研力量的严重分散。从长远说，是不利于我国的农业现代化建设的。

当时，两个单位都设在北沙滩附近，这给两个单位合并提供了良好的先天条件。因为相距不远，基本建设等便于统一安排。

为此，1962年3月，农机部农业机械科学技术研究院向国务院和上级部委报告建议院所合并。

1962年4月，农业部、农机部向国家科委提出"关于中国农科院农业机械化研究所与农机部农业机械科学技术研究院合并的报告"。

4月23日，国家科委批复，同意合并，成立中国农业机械化科学研究院，由农机部、农业部共同领导，以农机部为主。国家科委在批复中明确指出：

> 中国农业机械化科学研究院是全国农业机械化综合科研机构。主要任务是解决我国农业机械化的科学技术问题。在第三个五年计划期间，主要研究解决我国迫切需要的农机具产品问题，逐步向综合性、理论性方向发展。

同时批复还规定中国农业机械化科学研究院还要研

究适合我国特点的农业机械化方法，研究农机具及其部件的基本原理、关键农机具产品设计等 12 项重大任务。

为此，中国农业机械化科学研究院内设立了与 12 项重点任务相关的耕作机械、收获加工机械、农业机械化、农业机械运用与修理、材料工艺、电气化新技术、试验鉴定、科技情报与编辑等 9 个专业研究室和一个试制工厂。

同时，研究院还建立了耕耘机械、播种机械、谷物加工、材料、修理、电气化等试验室。建立了一个馆藏科技图书与文献资料 4 万册的图书馆。当时全院员工 495 名，其中专业技术人员 300 名。

中国农业机械化科学研究院成立后，在上级部委领导下，进入了一个全面快速发展时期。

1963 年后，中国农业机械化科学研究院进一步明确了院的方向任务和研究领域。

国家当时关于发展农业的方针是，优先发展粮食生产，同时发展棉花、油料作物，建设旱涝保收、稳产高产基本农田，以及农业机械化"先北后南"，发展机具"大中小结合，以小型为主"。

研究院根据这些方针，安排了自己的科研项目。研究院的项目安排以北方旱作平原地区所需要的耕整、种植、中耕、植保、排灌、收获、脱粒、加工等机械研制为主。

同时研究丘陵和水田所需部分机具、农机专用材料和特殊的制造工艺、修复工艺、强度与液压等基础技术、农机试验鉴定技术和仪器设备、农业机械化区划和机械系统、农业机械技术标准、农机科技情报等。

在研究院领导的精心安排下，科技项目逐年增加，1966年计划安排的主要科技项目就达70多项。

1963年到1966年间，研究院取得的主要科技成果100多项，其中科技成果280型内燃水泵、风力机侧翼配重调速系统获国家发明奖。在此期间，设计制造出了国内领先水平的电测车等一批试验设备，加上部分进口仪器，使主要的试验研究条件有了一定改善和提高。

为了建设一支高水平、高素质的科研队伍，使科研紧密结合农业生产实际，研究院先后派出400多名科技人员下楼出院到西沟、西铺、刘集、南柳、杨陵等地和新疆生产建设兵团石河子农场蹲点，带着课题深入农业生产一线进行调查研究、机具试验与改进、工具改革等。

科技人员与农民"同吃、同住、同劳动"，加深了对农民、农业的了解。通过交往，科技人员了解了农民和农业生产的需要，增长了农业生产的知识和实践经验，培养了勇于吃苦、敢打硬仗的奋斗精神。

在此期间，广大科技人员以岗位责任制和技术责任制为中心，建立了较完整的工作程序和科研程序。

同时还总结出了"选、改、创"的科研工作方法和研究、设计、试制、试验、鉴定、生产、使用推广"七事一贯制"的工作程序。

在工作中，科技工作者贯彻了内外"三结合"即科研人员、工人、领导干部相结合，科研单位、制造工厂、使用单位相结合的科研方法。

科学的管理制度的推行，加快了科研进度，缩短了从研究到试制、使用推广的周期。

1963年，为了统筹安排全国农机科研工作，农机部将小王庄农场划归农机院，改名为中国农机院农机试验站，承担农业机械的科研试验。

1965年，我国农机化科研工作初步形成了从中央到地方，从综合性研究到专业研究，覆盖全国的农机科研体系。

中国农机院第一分院也开始在山西省长治市筹建。

到1966年，农机院已迅速发展成为拥有1000多名职工、600多名专业技术人员的全国综合性农机科研大院，初步确立了在农机行业中的全国科研中心、试验鉴定中心和科技情报中心的地位和作用。

毛泽东批建第一拖拉机厂

1959年11月1日，在中国古都洛阳城边，洛阳拖拉机厂建成开工典礼正在隆重举行。中央有关部门负责人、省市负责人、苏联专家、工人代表、农民代表、施工方都参加了这次落成典礼，并派代表发了言。

中共中央政治局委员、国务院副总理谭震林在会上作了《我国农业技术改造的一件大喜事》的重要讲话。

第一拖拉机厂全体职工向毛泽东发了致敬电，中央、省、洛阳地区、洛阳市委纷纷发来贺信、贺电，祝贺第一拖拉机厂的落成。

第一拖拉机厂的落成，标志着我国农民盼望已久的"耕地不用牛，点灯不用油"的伟大时代即将到来。

其实，第一拖拉机厂由中央批准到正式落成，已经有五年的时间了。

"耕地不用牛"，是中国农民多少年来近乎童话的期盼，新中国建立初期，百废待兴，资金匮乏。但中央为了中国的农业发展，还是拿出4亿多元，从外国进口了2.8万台拖拉机，首先供东北、新疆等国营农场使用。这些拖拉机对新中国80多万个村庄来说，无疑是杯水车薪。

1954年，新中国开始了大规模的经济建设，但中国第一拖拉机厂的厂址还没有最后敲定。

在对80多个城市100多个村镇考察之后,当时的国务院副总理李富春遇到了一个不大不小的难题:哈尔滨、石家庄、西安、郑州、洛阳等城市都希望把中国第一个拖拉机厂建在自己的城市里。

1954年1月8日,李富春向毛泽东作了汇报。毛泽东幽默地说:

> 洛阳九个朝代的皇帝都住了,还放不下一个拖拉机厂?

1954年,李富春副总理最后拍板将第一拖拉机厂的厂址定在了洛阳涧西以西、邙山以南的这块地方。第一拖拉机厂筹备处设在洛阳老城一条偏僻的胡同里。

听说即将兴建第一拖拉机制造厂的讯息后,新中国的建设英才们,从祖国的四面八方云集洛阳。

1955年9月15日,中国第一拖拉机制造厂正式动工兴建。6时,一支经过锻炼的建筑队伍进入厂区,开始在这个厂的总仓库的地基上挖土打基础。

1955年10月1日,全国人民正在欢庆新中国的生日。这天上午,古都洛阳更是一片沸腾。洛阳市7万余人参加了第一拖拉机厂主厂房动工奠基典礼大会。这次大会是在古都洛阳城边一片荒凉的空地上进行的。

中华人民共和国第一机械工业部汽车工业管理局代

理局长张逢时代表第一机械工业部在会上致辞说：

　　我国第一拖拉机制造厂开始建设了。几年以后，我们就能制造出拖拉机。那时，解放了的新中国农民就可以逐渐用现代化的农具代替古老的农具，从而给国家生产出更多的粮食。

　　承建第一拖拉机制造厂的工程局局长王维群在会上提出，他们要把拖拉机厂坚固地、迅速地、经济地建设起来，使它提前进入生产，以便更早地制造拖拉机。

　　建设第一拖拉机制造厂的工人代表何梅桃和当地农民代表郜振东这天并排坐在大会主席台上。何梅桃在会上提出了努力建厂的保证条件，郜振东也在会上表示要积极发展互助合作组织，努力增产粮食，来支援拖拉机厂的建设。

　　这天，参加建设拖拉机厂的职工们还在动工典礼大会上通过了给中共中央和毛泽东的保证书。

　　奠基典礼大会后，工地上举行了隆重的奠基仪式。奠基仪式由洛阳工程局和拖拉机厂共同主持，河南省副省长邢绍棠举铲破土，洛阳市委书记李立和厂长刘刚、副厂长杨立功，洛阳工程局局长王焕宇等同时铲土填坑。

　　这标志着中华民族有史以来的第一座拖拉机制造厂破土动工了。

　　到1956年7月，已可预见煤气站工程可以提前完成，中央水泵站的两个储水池的主要工程已经完成，在国内外实习的干部490多人也回厂工作，总仓库很快就可以储放机器，在苏联和我国兄弟厂的积极支援下，许多机器也已经到厂。

到1957年底，该厂已超额3.2%完成了第一个五年计划期间的建厂任务；同时，当年的建厂计划也提前完成了。

1958年初，拖拉机厂的职工们在"15年赶上英国"的口号下，生产效率不断提高，合理化建议空前增多，职工之间更加团结。

1958年5月，第一拖拉机厂生产的第一批小型万能煤气拖拉机出厂了，数量是20台，拖拉能力16匹马力。当时的牌子不是后来的"东方红"，而是叫"洛阳"。

1958年5月3日，为了支援农业机械化建设，拖拉机厂副厂长郑定立带领工人和技术人员30多人，把一台新制的小型煤气万能拖拉机送给了新唐屯村的社员们。当拖拉机开到新唐屯村的时候，农民群众高呼：

中国共产党万岁！
感谢工人老大哥！
加强工农联盟！

激动的农民把拖拉机厂的工人抬了起来，工人们还当场为农民作了拖拉机田间耕作表演。

1958年7月23日晚上,第一拖拉机厂一万多名职工开会庆祝正式产品"东方红"牌54匹马力拖拉机诞生。这种拖拉机一天可耕地150亩,耕地最深达0.5米,全国各地都能使用。谭震林庄严地向世人宣布:

中国人民耕地不用牛的时代终于来临了。

拖拉机厂厂长杨立功为此发表了署名文章《为大量生产拖拉机而奋斗》。洛阳制造的"铁牛",第一次用轰隆隆的作业声唤醒了中国沉睡了几千年的土地。

1959年10月31日,第一拖拉机厂正式交付国家验收,并在拖拉机厂会议室举行了验收签字仪式,批准正式投入生产。国家验收委员会主任、中共河南省委第一书记、河南省省长吴芝圃在验收会议上作了重要讲话。

11月1日,第一拖拉机厂落成典礼举行。拖拉机厂工人以更加积极的姿态投入战斗。原洛阳拖拉机厂一分厂党委书记卢富来回忆说:

1959年11月1日,咱们洛拖开始建成,建成以后,我们这个拖拉机厂正式生产拖拉机,履带拖拉机。当时的心情是很激动的。当时我代表两三万职工在大会上发言,表决心。当时的干劲都是很大的,加班加点,都没有说要加班费,都没有的。当时第一台拖拉机出来,在厂门口走过。我们甚至流出了眼泪。

后来，第一拖拉机厂又生产了第一台"东方红"压路机，1966年9月16日，"东方红"665越野载重军用汽车也试制成功了。

"东方红"拖拉机从此成为中国人的骄傲，更是广大农民的骄傲。1962年4月，在我国发行的第三套人民币，面值为壹元的人民币图案上，还出现了第一女拖拉机手梁军驾驶着"东方红"拖拉机的身影。

第一拖拉机厂的建成，为中国机械化提供了巨大动力，大大促进了中国的农业现代化水平。

中央号召为农业生产制造化肥

1960年10月,全国人民正处在欢庆新中国生日的热烈气氛中。这时,在中国的江南小城丹阳,人们更加兴奋,因为丹阳化肥厂的工业装置正式进入建成投产之中。

丹阳化肥厂,是丹阳县委自筹资金建成的。它为中国的农业发展提供了新的动力。丹化的成功,促使国家部门提出了"县县建一个小氮肥厂"的宏伟规划。为此,丹化编写了《合成氨法制造碳酸氢铵》普及教材,为其他省、市、自治区培训了大量技术人才,在全国,同类小氮肥厂最终发展到1000多家。

中国化肥工业的发展,经历了一个曲折的历程。在这个历程中,侯德榜教授作出了重大贡献。

侯德榜是著名的化学家,他的杰出贡献享誉世界,英国皇家学会特聘他为名誉会员,当时除英国人之外的该会会员仅有12人,亚洲仅中国、日本各一名。美国化学工程师学会和美国机械工程师学会也先后聘他为荣誉会员。由于旧中国工业衰败,他的才华难以施展,许多外国公司高薪聘请他。

1949年5月,侯德榜在海外得知刘少奇请他回国参加建设的消息,马上谢绝了印度一家公司年薪10万美元的聘请,冲破重重阻挠,历时50天,绕道回到祖国的怀抱。

侯德榜到达北京时，当时的市长聂荣臻亲自到车站迎接，周恩来也亲临他的寓所——北京东四十条 16 号去看望。后来，毛泽东还把他请到中南海，详细倾听了他对振兴中国化学工业的意见。看到新中国的领导人如此关心民族工业，侯德榜备受鼓舞。

从此，侯德榜投身于新中国化学工业的建设中，虽年事渐高，仍走遍大江南北、长城内外，考察国情并探讨合乎实际的化学工业建设之路。

1957 年，中国的经济渴望着追赶型的发展速度，中国的农业呼唤着对化肥的急迫需求。为适应中国农业生产的需要，国家强调发展小化肥工业。7 月，李富春指示，要在全国有组织、有系统地进行化肥实验示范研究工作，由中国农业科学院负责组织全国化肥实验网。

侯德榜建议用碳化法制取碳酸氢铵。他不顾自己年老体弱，亲自带队到上海化工研究院，与技术人员一道，使碳化法氮肥生产新流程获得成功。

此工艺是侯氏"制碱工艺"的一个发展，也是我国化肥史上的一个创举。与传统流程比，它不用硫酸、硝酸等原料生产氮肥，对设备制作材料的要求不高，投资省，建设周期短，完全符合当时的国情。

1958 年，化工部在全国安排了 13 个点进行新工艺的工业化试验，江苏省定的一个点是六合县。丹阳县委领导在得到有关信息后果断作出了一个决定：自筹资金搞碳化工艺流程。

1958年5月，丹阳化肥厂筹备处成立。7月14日，第一批139名从工、农、兵、商、学各条战线抽调来的创业者到丹阳海会寺报到培训，接着便开进了丹阳北郊马家山一处布满乱坟岗的地方安营扎寨。

当时生活条件很差，就说吃的菜，萝卜干、酱油汤是基本内容，没烟抽时卷树叶代替。大型运输和吊装设备奇缺，工人们是用拖板车、钢缆、滚筒、三角撑把几百吨重的机器和钢材一寸一寸移进厂区的。设备安装中氧气断了档，天寒地冻，4位青年工人拉上小板车，带上几根胡萝卜当干粮，徒步200多公里去南京拉氧气瓶。

就在工程建设进入高潮时，定点的试验厂相继传来试验失败的坏消息，最后国家定点试验厂"全军覆没"。

但似乎是中国自己创新的小氮肥工业命不该绝，丹阳化肥厂这个自筹企业却坚持下来并修成了正果。关键时刻，丹阳化肥厂总支书记林桂荣同志说："穷则思变，逼上梁山。"

干部职工与省轻化工厅的技术人员一起分析后认为：一项新技术在理论上和实验室里既然证实可行，说明已经跨出了第一步，工业化试验中出现这样那样的问题不足为怪，关键是要寻找到规律性的东西。

这一意见得到了化工部和省委领导的支持，由此，丹化的建设项目才没有停工下马。

当时，全厂的"文化人"极少，两名中学老师就算是学历最高的"宝贝疙瘩"了。为此，丹化输送一批批同志外出实习，在南京化肥厂实习的七个月中没有一人到市区游玩过。在技能训练中，为确保夜间无电情况下紧急停车的操作有条不紊，工人们把眼睛蒙起来苦练"夜老虎"本领。

1960年10月，工业装置建成投产，很快，其他定点厂家遇到的技术难题全部再现。面对严峻考验，干部职工以顽强拼搏的精神"屡败屡战"。

1961年4月的一天，生产忽然正常，日产合成氨6047公斤，这一"偶然"现象给人们带来极大的振奋。

丹阳化肥厂攻关期间，侯德榜副部长亲临这个"希望之点"指导过8次。侯德榜不顾年事已高，登上18米的高塔做现场指导，他往高压机旁一站，马上就能知道皮带的转数，在场的人无不惊叹。

同志们日夜奋战在车间，有时对一种现象用耳听、目测、手记数百次。为了破解最头痛的设备堵塞问题，操作工周敏伟一个班在18米高塔上爬上爬下30多次。就这样，近一年中收集了10多万个数据，从中一点一点寻找科学规律，于1962年基本闯过了新流程的"技术关"。

1963年，全厂大搞节约降本活动，化肥成本降低三成，企业实现净利润72.5万元，闯过了"经济关"。这一年，"碳化流程"被列为国家保密项目，获得了国家经委、计委、科委联合颁发的新产品二等奖。

1964年，周恩来在国务院召开的有关如何发展小氮肥工业的会议上说：

> 小化肥就按丹阳式的搞。

1965年7月18日，《人民日报》发表有关丹化成功创业的消息、通讯和特约评论共3篇文章，其中特约评论员文章《勇气、办法、科学》准确地总结了丹化的成功之道。1966年，丹化被推选为全国首批"大庆式企业"。

1970年，当周恩来得知丹化在粉煤利用上取得成功后，在中央有关材料的清样上批示：

> 华东丹阳化肥厂又立新功。

这种小氮肥厂后来在全国许多地方建设起来，对中国农业生产作出了很大贡献。在中央的重视下，新中国的农业化肥化的程度不断提高，从而迈向了农业现代化。

三、工业现代化

● 周恩来说:"进行内地的工业建设,必须制定长远的发展规划,逐步实施。在近期内,首先是大力进行地质资源的勘探工作。"

● 毛泽东说:"搞石油艰苦啦!看来发展石油工业还得革命加拼命。"

● 王进喜曾经写过这样一首诗来抒发自己的革命豪情:"北风当电扇,大雪是炒面,天南海北来会战,誓夺头号大油田。干!干!干!"

矿产工业推动四个现代化

1959年9月26日16时许，在松嫩平原上一个叫大同的小镇附近，一座名为"松基三井"的油井里喷射出了黑色油流。顿时，围观的群众、科学工作者、石油工人沸腾了。这是大家在为举世闻名的大庆油田的第一口油井而欢呼。

当时正是国庆10周年的前夕，时任黑龙江省委书记的欧阳钦提议将大同改为大庆，并将大庆油田作为献给国庆10周年的一份特殊厚礼。

大庆油田是一个世界级的特大砂岩油田。它的发现，揭开了中国石油矿藏开发新的篇章。对这一油矿勘探成果，周恩来给予高度评价，他说：

> 第二个五年计划期间建设起来的大庆油田，是根据我国地质专家独创的石油地质理论进行勘探而发现的。
>
> 石油已放出异彩，我们要在地震问题上也放出异彩。

包括石油矿产在内的中国各种矿产工业的发展，是与周恩来"地质是先行""是开路先锋"的思想密不可分的。

"地质是先行","是开路先锋",这是周恩来始终强调和坚持的经济建设思想之一。1950年5月,周恩来探望著名地质学家李四光时,深情地说:

> 我们的事业正在开始,不论是工业还是国防,都和地质工作分不开。地质工作要当先行。

1952年8月,中国地质部成立,国家调集和培训的地质技术人员已达到1000多人。

1953年,第一个五年计划开始执行。这是我国地质工作大转变、大发展的时期。1953年9月29日,周恩来在阐述第一个五年建设计划的基本任务时指出:

> 所谓先行企业,就是动力、地质勘察、交通运输,它们是开路先锋。

1956年2月,毛泽东在听取地质部工作汇报时,也明确地指示:

> 地质部是地下情况的侦察部。地质工作搞不好,一马挡路,万马不能前行。

调整时期,周恩来在三届人大一次会议上正式提出实现四个现代化的战略目标。为实现四个现代化的战略目标服务,地质工作的先行地位被再次强调。

针对内地工业建设,周恩来要求"进行地质勘探、科学实验、厂址选择和各项设计工作,为今后进行工业建设做好必要的准备"。他说:

> 进行内地的工业建设,必须制定长远的发展规划,逐步实施。在近期内,首先是大力进行地质资源的勘探工作。

周恩来认为国家建设需要人力、财力、物力,而矿产资源的丰富是物力的主要标志之一。

1956年9月16日,在党的八大会议上,周恩来作《关于发展国民经济的第二个五年计划的建议的报告》。

周恩来在阐述以重工业为中心的工业建设时指出:

> 为了发展重工业,必须继续加强地质工作,并且使地质普查工作和重点勘探工作正确地结合起来,争取发现更多的新矿区和矿种,探明更多的矿产储量,以满足工业建设当前和长远的需要。

周恩来不仅通过主持政务会议、国务会议研究地质部的工作,而且曾多次实地检查一些省、区的地质工作。

周恩来曾亲自到西陵峡实地考察地质部三峡地质队勘察情况，给地质工作者留下了难忘的记忆。

周恩来为调集、组织、造就地质科技人才付出了大量心血。杰出的地质学家李四光就是在周恩来的关心与运筹下回国主持地质工作的。

从1948年出席伦敦第十八届国际地质学会大会以后，到新中国成立之初，李四光一直旅居国外。在此期间，党中央和周恩来始终盼望李四光回来参加新中国的建设。1949年9月，身在国外的李四光被推选为全国政协委员，10月被任命为中国科学院副院长。

听到党和新中国的召唤，李四光毅然拒绝随蒋迁台的命令，冒着被国民党扣留、暗杀的危险，决定返回祖国大陆。

1950年5月6日，李四光冲破重重障碍从国外辗转回到北京。到北京后的第三天，周恩来即到李四光的住地看望，同他谈了形势、地质工作和地质队伍组建等问题。

1952年，在周恩来支持下，北京地质学院、东北地质学院相继成立。周恩来对中国铀矿资源的勘察工作十分关注。中国核工业的发展是从铀矿普查发端的。

1954年，地质部的一支地质队伍在综合找矿中，在广西发现了铀矿床。当时主持铀矿勘察工作的地质部副部长刘杰把这个情况及时报告给了毛泽东和周恩来。

此后不久，按照周恩来的指示，在国务院第三办公室下设立地质部普查委员会第二办公室,开始中国铀矿资源的开发工作。

1955年1月14日,周恩来向李四光、钱三强详细了解我国原子能科学研究及铀矿资源情况,为第二天的中共中央书记处扩大会议讨论中国发展原子能事业问题做准备。

1955年1月15日,毛泽东、刘少奇、周恩来、朱德、陈云、彭德怀、彭真、邓小平、李富春、陈毅、聂荣臻、薄一波出席会议,听取了李四光、钱三强和刘杰的汇报,观看了用仪器探测铀矿石的操作表演。

这次会议作出了发展原子能事业的战略决策,揭开了中国核工业建设的帷幕。

同年春,为了争取苏联援助,周恩来亲自出面同苏联驻华大使尤金多次谈判。

最后双方签订了两个援助协定,苏联援助中国勘察铀矿的地质协定和苏联援建一座实验性反应堆与一台回旋加速器的科技协定,为中国的核事业打下了基础。

中国石油工业放出异彩也是从石油勘探起步的。新中国成立后,石油资源不明的情况,引起了毛泽东、周恩来的高度重视。

1953年底,毛泽东、周恩来约李四光到中南海,就发展石油工业的道路问题,即发展人造石油还是找天然石油问题征询意见。

李四光基于我国地质人员提供的对中国地质构造与

油气资源的调查资料,运用地质力学的理论,分析了石油形成的基本条件,深信我国具有丰富的天然油气资源,对勘探前景予以肯定。

毛泽东、周恩来听后深表赞许,强调今后要加强石油的勘探与开发工作。1954年12月,国务院作出决定,责成地质部从1955年起承担石油普查任务。

1957年,地质部作出石油地质工作战略东移的决定,将原在西北的石油勘察队伍陆续调往松辽、华北、华东等地区,充实和加强这些地区的油气勘察。

新中国成立10周年前夕,我国石油勘探取得重大突破,在松辽平原发现了大庆油田,从此揭开了中国石油开发新的一页。

周恩来的地质先行思想,对中国的社会主义建设工作发挥了重要的指导作用,对加强矿产并使它同重点建设协调发展,提供了许多经验。

在中国矿产工业的带动下,中国的科学事业蒸蒸日上,在向工业现代化迈进的道路上不断前进。

鞍钢为工业现代化作贡献

1957年6月,北京人民大会堂时时爆发出热烈的掌声,第一届全国人民代表大会第四次会议正在这里召开。在这次会议上,30多岁的年轻冶金学家邵象华作了发言。

邵象华提议中央以规模经济效益来发展我国钢铁工业。他的发言获得了大家的欢迎。

邵象华是中国著名的冶金学家、冶金工程专家。新中国成立前,他就设计并主持建设了我国第一座新型平炉。新中国成立初期,他为鞍钢恢复生产和建立技术管理体制作出了重要贡献。

邵象华先后开发了超低碳不锈钢、含稀土和铌的钢种及新型合金的生产工艺,创立了从废钢渣和铁水中提取铌的独特工艺,开发了用氧气转炉冶炼中碳铁合金、转炉炼钢底吹煤氧等项重大工艺,并开展了有关的应用基础研究,为我国钢铁科技进步和钢铁生产建设咨询作出了重要贡献。

邵象华,1923年2月生于浙江省杭州市的一个中学教师家庭。曾公费在英国伦敦大学帝国理工学院学习冶金。先后获得冶金学士、冶金硕士学位。后来,他受国民党资源委员会翁文灏动员,回国参加国民党中央钢铁厂的建设。

1944年,邵象华在电化冶炼厂设计了当时全国最大的平炉。1948年11月2日,沈阳解放。邵象华参加了接管鞍山钢铁有限公司的工作,在新诞生的鞍山钢铁公司中担任总工程师,并先后兼任炼钢厂生产技术副厂长和公司技术处处长。

但此时的鞍钢,已遭到严重的破坏。邵象华初到时,虽然第一炼钢厂基本设备尚在,但已"千疮百孔",不能运转。留在炼钢厂的一名日籍工程师和3名工人,对恢复鞍钢并无兴趣。

但邵象华毫不气馁,满腔热情地投身工作,并先后从关内动员一批昔日的同事和学生,前来鞍钢参加工作。

1949年春,邵象华想利用该厂原有的"预备精炼炉"生产当时国家铁路运输急需冷铸车轮的特殊铸铁,与那位日籍工程师商量,不料他一口咬定那是不可能的,而且还说:"你们中国人能搞成,我就向你们磕头。"

邵象华分析了炼制车轮特殊铸铁成分所需要的条件,制定了周密的精炼操作方法,试炼一次成功,炼钢厂成批地供应了冷铸车轮特殊铸铁。

1949年4月,鞍钢第一座平炉投产,但各种事故层出不穷。邵象华等时常不分昼夜地工作在现场。由于干部、工人齐心协力,在较短时间内,事故大为减少,逐步做到顺利生产。平炉炉顶硅砖寿命大为延长。

由于邵象华对恢复生产所作的贡献,1949年8月15日,邵象华被鞍钢公司授予二等功臣称号。

1950年，鞍钢在苏联专家协助下，建立了现代化企业各项组织管理制度。邵象华作为技术处处长，负责制定公司各个基本生产工序的技术操作规程、各种产品检验标准和技术措施等，这些都是鞍钢这座大型联合企业步入正常运转的必要基础。同时，这些技术操作规程也为后来国内其他钢铁企业制定规程提供了样本。

恢复生产初期，鞍钢各项消耗指标均比较落后，产品质量也有许多问题，针对这种状况，邵象华以很大精力推动鞍钢的技术改进和研究开发工作。

1952年，鞍钢平炉炉顶寿命及其他主要技术经济指标都达到或超过该厂历史上的最高水平。

1955年，邵象华当选为中国科学院学部委员。从50年代起，他先后担任国家科委钢铁组成员，冶金学科组副组长，国务院学位委员会工学学科评议组成员，国家发明奖奖励评审委员会冶金组委员，国家自然科学奖励委员会委员，冶金部科技进步奖奖励评审委员。

自1956年起，他任中国金属学会常务理事，多届连任该会炼钢学术委员会主任及炼钢学会理事长。

1956年，邵象华随冶金工业考察团赴苏联、民主德国和捷克斯洛伐克，对这些国家的钢铁企业进行了调查研究。回国后，他在全国炼钢会议及其他场合发表了考察报告，提出许多改进我国平炉炼钢的意见。

为了利用我国丰富的高铝矾土资源，鞍钢与沈阳金属所合作，于1957年在鞍钢180吨大平炉上首次采用镁铝砖，取得成功，该平炉寿命达到520炉，超过了当时国际上铬镁砖砌炉顶的寿命水平。

截至1959年，鞍钢全部平炉改用镁铝砖砌炉顶，使得平炉炼钢实行强化炼钢操作成为可能。邵象华在上述工作中，协助鞍钢公司领导，组织了鞍钢耐火材料厂、中央试验室、炼钢厂和中国科学院金属所有关人员一道奋战，取得了良好成绩。

1958年，邵象华调到钢铁研究院后，他积极投入氧气转炉、连续铸钢，包括他为小轧机轧大钢轨而提出的异型坯连铸、平炉用吹氧强化操作等中间试验及开发工作。

1958年秋，邵象华被调到冶金部钢铁研究院，即后来的钢铁研究总院，先后担任炼钢及冶金物理化学研究室主任、副总工程师、学术委员会副主任、学位评定委员会主席及技术顾问、博士生导师等职。由他主持了冶金反应、冶炼新工艺、真空熔炼、铁矿共生元素回收利用等方面的一系列研究课题，其中两项发明获国家专利。

20世纪50年代，鞍钢大量生产的是沸腾钢，但沸腾钢锭内部允许存在一定程序的成分偏析，若操作不当，容易产生缺陷，以致降低成材率，甚至造成质量事故。

邵象华对沸腾钢的凝固过程、钢锭结构、产品质量和操作工艺进行了深入研究，于50年代中期完成了一项在钢锭凝固期间喷吹小量压缩空气或氧气，从根本上减轻沸腾钢偏析的技术，取得了显著减少偏析及由此造成的缺陷的效果，并在现场生产条件下确定了最佳操作方法，所设计的工艺机械装置具有易操作的特点，该项创新成果发表后，引起当时英国国营钢铁公司很大兴趣，立即来信要求提供详细资料。

邵象华在参加起草国家《1956年至1967年科学技术发展远景规划纲要》时，曾呼吁大力创造条件发展氧气炼钢。

1957年，他曾在全国人民代表大会上提出考虑规模经济效益发展我国钢铁工业的意见。1958年在全国"大办钢铁运动"中，他陪同冶金部领导视察了许多地方的小钢铁厂，从技术上积极帮助他们解决生产建设中的问题。

20世纪60年代初，为适应国家发展国防尖端材料的需要，邵象华向有关领导建议，将自己的炼钢研究室改组为冶金物理化学研究室，从事冶炼钢及新型合金的有关基础研究与技术开发课题。

邵象华结合当时军工任务，带领年轻科研人员进行了真空条件下冶金反应过程的研究，特别是真空熔炼、电渣重熔等技术的应用、改进及开发。主要研究内容涉及真空熔炼炉内铁基、镍基熔池中的碳脱氧、氧脱碳反应，合金元素及微量杂质元素的挥发，坩埚耐火材料对熔池的供氧作用等等。

另外，他还对国际上真空熔炼领域中已积累起来的研究成果作了系统的综合述评，帮助我国正在成长起来的特种熔炼技术队伍提高学术水平。

60年代，国家开发核能迫切需要超低碳不锈钢，当时氩氧炉尚未发明，国外都用特殊的装备和复杂的流程来生产该种钢。

邵象华调查研究了国内特殊钢厂冶炼普通不锈钢的条件与经验，分析了该钢种的特点，认为要实行强化熔池吹氧进行高温脱碳，并及时加铬以冷却熔池、防止炉体损伤等特殊的操作措施，用普通电弧炉也可以生产出所需的超低碳不锈钢。

邵象华带领工作组到抚顺钢厂与重庆特殊钢厂分别试炼上述钢种，都做到了一次试炼成功。其后两厂为国家提供了成批的超低碳不锈钢钢材。为此冶金部通报表彰了邵象华等人的事迹。

邵象华在大冶钢厂主持加稀土元素，节约镍铬的炮管钢的研制。其技术难点是控制钢液纯净度和稀土加入方法，使各成分分布达到均匀。该钢种通过了军工部门包括实弹射击在内的全部验收标准，被列入国家战时储备钢种。

60年代初，针对包钢铁矿资源，邵象华在多次全国性学术会议上和技术期刊上呼吁开发含铌高强度低合金钢。

其后邵象华带领工作组与包钢合作，成功地研制了我国最早的锰铌低合金钢，并按当时钢铁研究院院长陆达的建议，进行从平炉钢渣中提铌的试验。

当时包钢已堆存约20万吨平炉废渣。邵象华等利用1958年建立但当时已停产的"中包钢"的部分残存设备，开发了一个以平炉渣为原料的流程，先在小高炉中炼出富锰含铌和磷的铁水，再在空气转炉中"轻吹"，炼出高磷铁和富锰铌渣，将后者在电弧炉中用焦炭部分还原以达到脱磷和部分脱铁后，还原成铌锰铁合金。

这一工艺流程较长，但因原料和生产设备均系"利废"，投资少，成本不高，尤其是所产的铌锰铁合金正好适于炼制锰铌高强度低合金钢，有较好的经济意义。

1961年，邵象华率工作组常驻上钢一厂，帮助其新建的转炉车间过技术关，其后冶金部在一厂召开了全国性现场会议，以推广邵象华等与一厂共同创造的经验。

20世纪70年代初期，邵象华提倡平炉熔池顶吹氧气强化操作，受冶金部委托选点进行试验，组织人员先后协助上钢三厂小平炉和鞍钢二炼钢厂大平炉开发此技术，后相继在全国许多平炉上大量推广。

国内生产低碳锰铁历来采用双电炉法，将硅锰合金再次冶炼而成。该流程耗电大，生产成本高。邵象华根据热力学原理通过理论计算指出了用氧气使碳优先于锰氧化的大致温度范围和锰可能吹损的程度，于1957年提出了关于碳素锰铁吹氧脱碳的工艺原理。并到上海与遵义两铁合金厂指导他们进行以碳素锰铁为原料、用氧气转炉冶炼中碳锰铁的工业性试验，取得了预期的效果。

70年代后期，为了能在转炉内大幅度增加热源，以达到炼钢多用废钢或冷生铁，并适应铁水预处理后热量紧张的状况，邵象华提出进行氧气转炉底吹煤和氧的研究。

邵象华指导研究生与现场技术人员，从实验室探索开始，直到在新抚钢厂10吨转炉进行工业试验，取得良好结果，通过了冶金部阶段鉴定，获国家专利。研制含铌钢种，取得从废钢渣和铁水中回收铌的系列成绩。

除了在工厂的日常工作之外，邵象华还写了大量冶金方面的文章、著作，为推动新中国的工业现代化作出了贡献。为适应当时广大技术干部和技术工人的需要，他专门编写了一本《钢铁冶金学》，这是新中国最早出版的一部钢铁中级技术专著。

邵象华在技术期刊《鞍钢》上发表了许多针对工作需要的技术文章，还组织炼钢厂技术人员共同翻译了美国爱默出版的权威名著《碱性平炉炼钢》，接着又单独翻译了苏联的《钢冶金学》。后来，《钢冶金学》成为当时冶金类高等学校的教材。

以邵象华为代表的鞍钢人为新中国的钢铁工业作出了巨大贡献，有力地推动了工业现代化的步伐。

中央号召"工业学大庆"

1964年2月5日,中共中央发出《关于传达石油工业部关于大庆石油会战情况的报告的通告》。

在"通告"中,介绍了石油工业部从1960年5月开始,集中全国30多个石油厂矿、院校的4万多名职工,调集7万多吨器材设备,经过三年多的艰苦奋斗,开发了大庆油田的情况。中共中央在"通告"中指出:

> 大庆油田的开发,是一个多快好省的典型,贯彻执行了党的社会主义建设总路线。

它的一些经验在各部门和党、政、军、群众团体中也都适用,或者可以做参考。这标志着全国"工业学习大庆"运动的开始。

中央号召开展"工业学大庆"运动,主要是要求学习大庆自力更生、艰苦奋斗的精神,以推动全国工矿企业和社会主义现代化建设向前发展。

当时为什么要选择大庆作为工业战线学习的榜样呢?这首先得从我国的石油工业说起。

我国石油资源较为丰富,但新中国成立初期石油工业基础极其薄弱,原油产量极低。

毛泽东一直十分重视石油在国民经济中的地位。1952年2月，他亲自发布命令，决定中国人民解放军十九军五十七师转为石油工程第一师，支援石油工业建设。

1953年，毛泽东对地质部部长李四光说，要进行建设，石油是不可缺少的。我国制订的第一个五年计划中，也把勘察石油资源、发展石油工业作为一项重要内容。

当毛泽东得知我国1955年天然石油产量不足50万吨，远不能适应国民经济发展的需要，一些世界先进的石油勘探开发技术还没有掌握，用于天然石油勘探的资金很紧张，在戈壁、荒滩、沙漠野外勘探开发工作十分辛苦时，他很有感慨地说：

搞石油艰苦啦！看来发展石油工业还得革命加拼命。

毛泽东这些意见，为以后大庆油田的发现和石油会战奠定了重要的思想基础。

1960年春，正当我国遭受严重自然灾害的时候，传来了我国发现大庆油田的喜讯。遵照毛主席和中央的决策，我国石油战线集中优势兵力，在大庆展开一场规模空前的石油大会战。就在这个时候，"铁人"王进喜，从玉门率领一二〇五钻井队，千里迢迢赶往大庆。

坐在飞驰的列车上，王进喜心潮起伏。想起了自己1959年去北京出席全国群英会时的一次对话。

那是王进喜第一次到北京，看到大街上的公共汽车车顶上背个大气包，他奇怪地问别人："背那家伙干啥？"

人们告诉他："因为没有汽油，烧的煤气。"

听了这话，王进喜没有再问下去。他心想：我们这么大的国家没有汽油怎么行呢？我是一个石油工人，眼看让国家作这么大的难，还有脸问？王进喜曾多次向战友们说：

一个人没有血液，心脏就停止跳动。工业没有石油，天上飞的，地上跑的，海上行的，都要瘫痪。没有石油，国家有压力，我们要自觉地替国家承担这个压力，这是我们石油工人的责任啊！

王进喜和他的战友们带着这种要为国家承担压力的高度责任感，带着满身的力量，来到了大庆。

当到大庆时，王进喜甩开身上的老羊皮袄，手指着大地，对战友们大声地说：

看，这儿就是大油田，这回咱们可掉进大油海里了！同志们，摆开战场，甩开钻机干吧！把石油落后帽子扔到太平洋里去！

三月的大庆，朔风呼号，滴水成冰。一下子几万人从全国四面八方汇集到大荒原上，面临着许多难以想象的困难，没有公路，车辆不足，吃和住都成了大问题。

王进喜带领一二〇五队，一连好几个晚上，围着篝火讨论怎样对待困难。工人们异口同声地说：拿下大油田，哪能没有困难？但是，国家缺油才是最大的困难。我们决不能在困难面前低头，要克服天大的困难，高速度、高水平地拿下大油田。

群众那股天不怕、地不怕的劲头，给了王进喜极大的鼓舞。他对战友们说：

> 我们工人阶级就要有这样的雄心。现在我们流点汗，吃点苦，为的是快快把我们国家建设得更强大，只要国家有了油，咱们再苦再累也高兴。

刚开始，钻机没有运到，工人们天天派人到车站去等。不几天，钻机到了，但是吊车、拖拉机不够用，60多吨重的钻机躺在火车上卸不下来。大家都很着急。

王进喜说："没有吊车，咱们有人在。毛主席不是说人是最宝贵的吗？只要有人在，咱们就能想办法把钻机卸下来。"

全队的小伙子被队长那浑身的劲头和激动的神情所鼓舞，"上呀！"一声呐喊，便行动起来。大家一鼓作气，从清晨干到太阳偏西，硬是用绳子拉，撬杠撬，木块垫，把钻机从火车上卸了下来，运到井场，又花了三天三夜时间，把40米高的井架矗立在大荒原上。

眼看就要打井了，可是，水管线没有安好，开钻没有水怎么行？大伙说："咱们用盆端！"有人不同意，说："你们见过哪个国家端水打井的？"王进喜理直气壮地说："就是我们的国家！"他带领工人们同井场附近的农民一起，终于奇迹般地用人力端来几十吨水，提前开了钻。

1960年4月14日，太阳从东方升起，井架上披着金色的阳光，王进喜大步跨上钻台，握住冰冷的刹把，纵情地大喊一声："开钻了！"这声音威武雄壮，气吞山河！正像王进喜在一首诗中所写的那样：

石油工人一声吼，地球也要抖三抖！

经过五天五夜的奋斗，大庆会战的第一口井终于喷出了乌黑发亮的原油。王进喜和工人们围在井场的周围，眼看着那高高喷起的油柱兴奋得忘掉了一切，一个劲地高呼：

毛主席万岁！

但战斗的进程并不是一帆风顺的。就在第一口井打好以后，王进喜却不幸受伤了。油田领导和工人们把他送进了医院。可伤还没好，王进喜就在一天深夜，深一脚、浅一脚地从医院回到了钻井队，顾不上休息，就拄着拐棍上井去了。

打第二口井的时候，王进喜的腿伤还没有好，只好拄着双拐在井场上来回指挥。一天，轰隆一声，钻机上几十斤重的方瓦忽然飞了出来，井喷的迹象出现了。

在这十分危急的时刻，王进喜忘记自己的腿痛，立刻奔上前去。压井喷需要用重晶石粉调泥浆，井场上没有，他当机立断决定用水泥代替。一袋袋水泥倒进泥浆池，没有搅拌机，水泥都沉在池底。

这时，王进喜奋不顾身，把双拐一甩，说了声："跳！"就纵身跳进了泥浆池，用自己的身体来搅拌泥浆。看到这情景，几个年轻小伙子也跟着跳了进去。

他们整整奋战了三个小时，险恶的井喷终于被压下去了，油井和钻机保住了，王进喜的手上、身上却被碱性很强的泥浆烧起了泡，同志们把他扶出来时，腿疼使他扑倒在了钻杆上，豆大的汗珠不停地从脸上滚下来。

在那战斗最紧张的日子里，王进喜成日成夜地奋战在井场上。他曾经写过这样一首诗来抒发自己的革命豪情：

> 北风当电扇，大雪是炒面，天南海北来会战，誓夺头号大油田。干！干！干！

井场附近的老乡，都认识王进喜。他们深深地被王进喜这种革命加拼命的精神感动了,他们向工人们夸赞说:"你们的王队长可真是个'铁人'啊!"

从此,"铁人"这个光荣的名字很快便传开了。

向铁人学习!

发扬铁人精神!

响亮的口号响遍了整个大庆油田。

1960年6月1日,大庆运出了第一批原油。1963年,我国石油基本自给了,用"洋油"的时代一去不复返了!

1964年,毛泽东向全国发出"工业学大庆"的伟大号召。这一年,王进喜代表大庆工人光荣地出席了第三次全国人民代表大会,见到了毛泽东。

1970年,大庆油田虽然人员设备都减少了,新建的生产能力却大大超过了前一年,原油产量提高百分之三十以上。

1970年11月初,王进喜得了胃癌,已经不能起床了,但还恳切地对守候在他身旁的医护人员说:"让我回大庆看看吧,我想看看同志们,看看大庆油田。"

1970年11月15日,是王进喜生命的最后一天。在最后一次苏醒的时候,王进喜用断断续续的微弱的声音留下了自己的遗言:

要搞好团结……

一定要把大庆的工作搞好……

　　石油、石油……

他留下的"铁人精神"和"大庆经验"成为我国进行社会主义建设的宝贵财富。

"铁人精神"是大庆精神的代表,"工业学大庆"运动在全国的推广激发了全国人民建设现代化工业的热情,促进了新中国的四个现代化建设。

毛泽东号召进行三线建设

1964年8月,中央书记处会议在北京召开。毛泽东在17日、20日先后两次指出:

要准备帝国主义可能发动侵略战争。现在工厂都集中在大城市和沿海地区,不利于备战。各省都要建立自己的战略后方。

这次会议决定,首先集中力量建设三线,在人力、物力、财力上给予保证。第一线能搬迁的项目要搬,两年内不能见效的项目一律缩小规模。

于是,调整后的"吃穿用加三线"的"三五"计划指导思想再度发生变化,三线建设的战略决策终于确立。三线建设为中国西部工业奠定了基础。

1964年8月2日夜里,在北部湾,美国驱逐舰"马克多斯"号与越南海军鱼雷艇发生激战。8月4日,海战进一步扩大。

早在4月就已制订了扩大侵略越南战争的"37号作战方案"的美国,立即抓住这一机会,悍然派出第七舰队大规模轰炸越南北方。越南战争的战火燃到了中国的南部边界。中越边境地区、海南岛和北部湾沿岸都落下了美国的炸弹和导弹,中国军民也倒在了血泊之中。

毛泽东彻夜未眠,紧张地关注着战争的态势。8月6日6时,他在中国政府抗议美国侵犯越南的声明稿上批示说:

要打仗了,我的行动得重新考虑。

这个行动指的是毛泽东多年的一个夙愿,骑马沿黄河考察,既有浪漫的诗情驱动,又有现实的经济目的,可惜就此中断。

8月17日、20日,毛泽东在中央书记处会议上两次指出,要准备帝国主义可能发动侵略战争,最终促成了三线建设的战略决策。

1964年8月12日,毛泽东将总参谋部作战部关于对国家经济建设如何防备敌人突然袭击问题的专门报告退回给罗瑞卿、杨成武,批示说:"此件很好,要精心研究,逐步实施。"他还关切地问道:"国务院组织专案小组,已经成立,开始工作没有?"

8月19日,李富春、薄一波、罗瑞卿联名向毛泽东和中央提出了《关于国家经济建设如何防备敌人突然袭击的报告》。

报告将各项工作进行了分工,参加专案小组的各个部门负责人负责相应的工业、国防、农业、教育、铁道、城市等方面,提出具体方案,纳入第二年计划和"三五"

计划。

报告还建议恢复人民防空委员会,周恩来任主席,日常工作由公安部负责。

8月30日,邓小平批示将报告印发中央工作会议,以后又发给各中央局、部委、省委执行。这份报告是确立三线建设决策的第一份,具有重要的意义。

9月5日,中央书记处作出关于计划工作的指示,主要内容是:

> 三线建设要落实。铁路建设队伍要在9月底到达工地,计委、经委成立落实小组,楼堂馆所要利用起来为三线建设服务。
>
> 三线的调整要立即行动。留下的企业进行技术改造,保证提高产量。
>
> 基本建设投资,首先要保证三线建设的需要,其他方面有多少钱办多少事。
>
> 工业生产,不论三线还是一线,都要发展。三线建设的中心是成昆线,要成立铁路指挥部、西南筹建处、后方支援小组,要什么给什么。西南建设以攀枝花为中心,重庆周围搞成一个小体系。在后方搞的厂子,一定要采用新技术。

10月30日,中央工作会议通过并下发了国家计委提出的《1965年计划纲要(草案)》。这个计划的指导思想是:"争取时间,积极建设三线战略后方,防备帝国主义发动侵略战争。"提出的三线建设总目标是:"要争取多快好省的方法,在纵深地区建立起一个工农业结合的、为国防和农业服务的比较完整的战略后方基地。"

三线建设历经三个五年计划,投入资金2052亿元,投入人力高峰时达400多万,安排了1100个建设项目。决策之快,动员之广,规模之大,时间之长,堪称中华人民共和国建设史上最重要的一次战略部署,对以后的国民经济结构和布局,产生了深远的影响。

所谓"三线"的范围,一般的概念是,由沿海、边疆地区向内地收缩划分三道线。一线指位于沿海和边疆的前线地区;三线指包括四川、贵州、云南、陕西、甘肃、宁夏、青海等西部省区及山西、河南、湖南、湖北、广东、广西等省区的后方地区,共13个省区;二线指介于一、三线之间的中间地带。

三线建设的决策是中央根据当时的实际情况作出的决策部署。当时国际环境十分紧张,使长期没有战略后方的中国感到十分不安全。

三线建设虽然是以战备为中心,实际上初步改变了国家工业东西部布局的不合理状况,建成了一批以能源交通为基础、国防科技为重点、原材料工业与加工工业相配套、科研与生产相结合的战略后方基地,建成了一批重要的铁路、公路干线和支线,促进了内地省区的经济和科技文化发展,给西部以后的建设提供了条件。

通过三线建设，建成了1100多个大中型工业交通企业、国防科技工业企业、科研院所和大专院校，基本形成了交通、电力、煤炭、化工、石油、建材、钢铁等生产部门相互配套的体系，并且与地方中小企业连成了一个生产系统，同时形成了自上而下的生产指挥系统。

三线建设共建成了成昆铁路、湘黔铁路、焦柳铁路、襄渝铁路、川黔铁路、贵昆铁路等许多铁路，同时还配合铁路建设建成许多公路网络，从根本上改变了我国西部地区交通运输落后的状况，为我国的西部地区的矿产开发、产品流转、工业建设、国防建设创造了交通条件。

通过三线建设，我国在重庆地区建成了常规兵器工业生产基地，在四川和贵州建成了电子工业生产基地，在四川和陕西建成了战略武器科研、生产基地，在贵州和陕西、鄂西地区建成了航空和航天工业生产基地，在长江上、中游地区建成了船舶工业科研、生产基地，在西昌建成了卫星试验、发射中心。

通过三线建设，将东北、华北地区老军事工业企业的一部分搬迁到西部地区建新厂，基本上达到了将重要军工企业"一分为二"的目的。

电子工业形成了生产门类齐全、元器件与整机配套、军民兼容、生产和科研相结合的体系。

航天工业实现了地区配套，建成了完整的战略和战术导弹研制基地，形成了具有世界先进水平的发射中心；航空工业生产体系也在西部地区形成，在西部地区形成了几个歼击机、运输机生产中心，生产能力占全国航空工业的三分之二。

船舶工业在西部地区形成了完整的生产系统。较高水平的核工业科研生产系统几乎全部放在了西部地区。原材料工业、能源工业、机械工业方面，通过三线建设，在西部地区形成了大中小相结合的原材料工业体系，建成了攀枝花钢铁基地、重庆钢铁基地、成都地区钢铁工厂、贵州水城钢铁厂等大型企业，新建了西北铜加工厂、兰州连城铝厂、兰州铝厂、冥河铝镁冶炼加工厂、西北铝加工厂和重庆西南铝加工厂。

为了与国防工业配套，还建设了重水、炸药、树脂、橡胶、医药企业。建成了西南炼焦煤基地、西北煤炭基地，平顶山、焦作、鹤壁等矿区；新建10万千瓦以上电站68座。

241个机械工业工厂、研究所、设计院搬迁到西部地区后，又新建、扩建大中型项目124个，累计投资94.72亿元，占全国机械工业同期投资的53%。

新建了第二汽车制造厂、陕西汽车制造厂、四川汽车制造厂，同时新建了一批配套工厂，使西部地区形成了军民结合的轻、重型汽车批量生产的能力。新建了12个重型机械工业制造厂，使西部地区形成了很强的重型机械制造能力。

电机电器工业发展起来了，建成了四川东方电机厂、东方汽轮机厂、东方锅炉厂、东风电机厂，形成了年产

80万千瓦成套发电机组的能力。

轻纺工业方面，通过三线建设，造纸、制糖、制盐、自行车、缝纫机、手表、合成洗涤剂、塑料制品、皮革制品、棉纺织、毛纺织、丝绸、印染、针织、化纤、纺织机械等生产企业在西部地区全面铺开。

此外，通过三线建设，还在西部地区建成了100多个部属储备性仓库，15个大型广播电视项目，新建了一些高等院校。

三线建设客观上推动了中国的四个现代化建设，为中国西部地区工业的发展奠定了良好的基础。它为新中国社会主义建设地区平衡发展起到了良好作用。

四、国防现代化

- 毛泽东对第二炮兵指示说:"我们不但要有更多的飞机和大炮,而且还要有原子弹。在今天的世界上,我们要不受人家欺负,就不能没有这个东西。"

- 毛泽东最后作了总结性发言,他说:"我们只要有人,又有资源,什么奇迹都可以造出来。"

- 周恩来批示:主要还靠自己钻研,自己不钻,不仅不能有独特的创造发明,而且也不能把要到、学到、买到的用于实际和有所发展。

毛泽东号召建立现代化军队

1966年7月1日,全国人民正在欢庆党的生日。就在这一天,中国人民解放军第二炮兵也正式组建。第二炮兵即中国战略导弹部队,由地地战略导弹部队和常规战役战术导弹部队组成。

第二炮兵的主要任务是遏制敌人对中国使用核武器,在敌人对中国发动核袭击时,遵照统帅部的命令,独立地或联合其他军种的战略核部队对敌人实施有限而有效的自卫反击,打击敌人的重要战略目标。毛泽东对第二炮兵指示说:

> 我们不但要有更多的飞机和大炮,而且还要有原子弹。在今天的世界上,我们要不受人家欺负,就不能没有这个东西。

第二炮兵的组建,提高了新中国的战略威慑力和国际影响力,为新中国的国防和军队现代化建设起到了推动作用。

新中国的国防军队现代化从新中国成立初期就已经开始。新中国成立初期的人民解放军,经过22年革命战争的锻炼,已经发展成为一支拥有550余万人、以步兵为主体，并有少量技术兵种的强大军队，积累了丰富的建设经验，但是现代化程度还处于低级阶段。

毛泽东根据当时的中国国情，科学地回答了夺取全国政权以后如何建立现代国防的问题，进一步丰富和发展了毛泽东军事思想，使国防和军队建设迈上了以现代化、正规化为导向的发展道路。

根据毛泽东的建军思想和中央指示，中国人民解放军在完成大量军事、政治任务的同时，不失时机地转入自身现代化、正规化建设之中。

1950年10月，中国的抗美援朝战争暂缓了我军现代化建设的进程，但是拓宽了视野，推动了建设和作战观念的更新，增强了国防和军队现代化建设的紧迫感。

新中国成立最初几年，中国的军队建设遵循边打边建的原则，着力推进由单一军兵种向诸军兵种合成军队建设转变，由相对分散向集中统一建设转变，由低级向高级阶段建设转变。

中国人民解放军的转变过程，为国防军队现代化、正规化建设的全面展开积累了经验、打下了基础。

1953年底，全国军事系统党的高级干部会议召开。在这次会议上，中央领导提出要把我军建设成一支优良的现代化、正规化革命军队的总方针总任务，还规划了国防现代化建设蓝图和步骤。

1956年3月，中央军委又提出在未来反侵略战争中应采取积极防御的战略方针，这不仅明确了保卫祖国、反抗侵略的战略方针，而且进一步为国防和军队现代化建设指明了方向。

1950年到1960年，新中国的军队先后四次进行精简整编，调整编制体制，大力建设海军、空军及陆军技术兵种，减少陆军步兵数量。

1964年，中国人民解放军全军掀起群众性大练兵、大比武活动，周恩来、彭真、贺龙、陈毅、罗瑞卿等观看大比武训练成果，对提高战斗力和促进部队建设起了积极推动作用。

1966年7月1日，中国人民解放军第二炮兵正式组建，更推动了我军科技化、正规化的建设。

在新中国的国防军队建设中，还相继建立了初中高相衔接，指挥与技术相协调的院校教育体系，培养了大批军事人才。

从此，中国人民解放军在现代化道路上不断前进，为中国的社会主义建设提供了后盾，为新中国的广大人民提供了安全的环境，促进了中国的现代化建设。

陈赓受命创建哈军工

1953年9月1日，在中国冰城哈尔滨，一所全新的军事大学——中国人民解放军军事工程学院正式宣告成立。中国人民解放军军事工程学院简称哈军工。

哈军工的创建，仅用了15个月。这是新中国历史上第一所多军种综合性的军事工程学院。

钱学森教授后来赞叹：

> 在我国现有条件下，这么短的时间内办起这样一所完整的、综合性的军事技术学院，在世界上也是奇迹。

毛泽东亲自为哈军工任命陈赓为第一任院长，周恩来亲自为哈军工配备了各系主任。毛泽东还亲自为哈军工题写学报名，修改审定"训词"，审批教学计划、招生计划，对哈军工真可谓厚爱有加。

题写学报名是在1953年7月10日，陈赓晋见毛泽东时说："军工学院9月1日开学，请主席写个训词，并为学报起个名字。"

毛泽东说："我已是个官僚主义，不常写东西，交给肖向荣起个草，我修改修改。南京军事学院的报纸叫

《军学》,你们的报纸就叫《工学》吧。"他随即在宣纸上题写了"工学"两个苍劲有力的大字。

1953年8月26日,经毛泽东修改审定的《中央人民政府人民革命军事委员会训词》颁布。

毛泽东的"训词"原文如下:

军事工程学院陈院长和全体教授、助教、学员、工作人员同志们:

当你们开学的时候,我向你们致以热烈的祝贺。在此时机,我并向热诚帮助我们计划和创办这个学院的苏联政府、苏联顾问表示衷心的感谢!

中国人民解放军军事工程学院的创办,对于我国国防事业具有极重大的意义。为了建设现代化的国防,我们的陆军、空军和海军都必须有充分的机械化的装备和设备,这一切都不能离开复杂的专门的技术。

今天我们迫切需要的,就是要有大批能够掌握和驾驭技术的人,并使我们的技术能够得到不断的改善和进步。军事工程学院的创办,其目的就是为了解决这个迫切而光荣的任务。

向苏联学习,这是我们建军史上的优良传统,无论任何时候,任何工作部门,都应当如此。这点,对于你们这个学院,有更加重要的意义。我们必须学习苏联的先进科学和技术知识，学习苏联军事工程建设的丰富经验，学习苏联顾问同志的学习态度和工作态度，学习苏联顾问同志高度的爱国主义和国际主义精神。在学习上应该是虚心诚恳，不要学到一点就自满和骄傲。

保持和发扬中国人民解放军的光荣传统，特别是全心全意为人民服务的精神和自我牺牲的英雄气概，这在你们的学院，是和全军一样，必须充分领会和一刻也不可忘记的。

希望你们团结一致，办好学院，尊重顾问，努力学习，为完成人民革命军事委员会给予你们的光荣任务而奋斗！

毛泽东

1953 年 8 月 26 日

1953 年 8 月，哈军工制订的第一期教学计划上报中央军委。1954 年 7 月中旬，中央军委通知哈军工调整后的第一期教学计划经毛泽东亲自审阅通过。

陈赓闻讯，欣喜至极，说："中央批下来，我们就可以大胆实施了！"

哈军工的建立，是在党中央的领导下，由陈赓创办的。1952 年 6 月，毛泽东将陈赓从战火纷飞的朝鲜战场召回，交给他一项新的任务，创办一所军事工程学院，培养现代化的军事人才。

像指挥打仗一样，陈赓开始了艰难的办学。一个月后，他即在调查研究的基础上，选定了哈尔滨作为院址，并提出了建院方案。

办学最大的困难是师资力量缺乏。陈赓向著名专家求教，列出教授名单，想方设法从各地大学调人，并多次拿着名单去请周恩来批示。但周恩来日理万机，很难找到，陈赓只好在早晨或夜间到周总理家里去"堵"。

一天早晨，陈赓来到国务院西花厅。这天周恩来要接见民主人士，客厅里已坐满了人。陈赓一看不便闯进去，就等在门外。恰好此时他看见周恩来要上洗手间，便迅速地跟了进去。

周恩来见他匆匆忙忙走进来，问道："陈赓，你怎么到了这儿？"

"总理，有几个教授的名单，请批一下！"陈赓说着就递上了名单。

"你等一下不行吗？"

"等一下你就走了，还是现在就批吧！"

见陈赓抓得紧，周恩来全力支持。几个月内，便从华东、中南、西南、京津地区抽调来一大批有名的教授和专家。

办学不能没有教学科研大楼，为建楼陈赓心急如焚，经常深入基建工地，遇有重大事情，随即与基建办公室的同志一起商谈解决。

陈赓不顾自己在战争年代留下的腿伤，多次爬上脚手架同工人交谈，查看工程质量。仅仅 7 个月时间，10 万平方米 36 幢教学科研大楼便拔地而起。

办学中，陈赓非常重视发挥知识分子的作用，把他们与从部队抽调来的军队干部合称为支撑学院的两根柱子。有关业务方面的领导都要安排专家、教授担任，在生活上，则尽可能给专家、教授以优厚的待遇。

陈赓自己住小平房，而把学院一幢最好的楼房作为老教授的宿舍，并为他们专建饭厅，请来厨师为他们做饭。为解决他们的后顾之忧，他还亲自抓他们的家属就业、子女升学等问题。

对于陈赓的做法，当时有个别老干部不理解，发牢骚说："我们是从机关枪底下爬出来的。他们舒舒服服念了几年书，为什么就捧得那么高？"对这种议论，陈赓给予了严厉批评：

> 你们经历了二万五千里长征，是革命的功臣。可他们 10 年寒窗苦熬出来，也不容易呀！现在我们国家的国防建设迫切需要科学技术知识，你们有吗？你们是老共产党员，调你们到这里来，是让你们来发扬光荣传统、来带作风的，不是来比照顾的！

1954 年，哈军工刚刚粗具规模，陈赓的心绞痛却频繁发作。医生一再叮嘱他少活动、多休息，可他却不停地操劳奔波。

1957年12月19日，陈赓访苏回国不久，突然心肌梗死发作。一个闲不住的人不得不在北京医院卧床3个月。出院后，全休疗养了一段时间，陈赓的病竟奇迹般地好了。

于是，陈赓天天找医生，要求准许他上班。医生无奈，经报告中央批准，同意他每天用一点时间去上班试试。陈赓答应得很好："我一定遵守医生的嘱咐！"可是，他一工作起来，依然还是那个"工作狂"，医生的话早被他抛到了脑后。

1960年，陈赓的心脏病越来越严重，他知道属于自己的时间不多了，愈发抓紧时间，想为党多做些工作。陈赓惦念自己亲手创办的哈军工，提笔给院党委常委写信，提出自己对调整后的学院工作的建议。

然而，哈军工的师生怎么也没有想到，这竟是陈赓写给他们的最后一封信。1961年3月16日，他们听到自己前任院长陈赓去世的消息，无不悲痛欲绝！

1966年4月，根据中央军委决定，中国人民解放军军事工程学院更名为"哈尔滨工程学院"。

哈军工是培养又红又专军事工程师的摇篮，哈军工的创建是我国国防建设走向正规化、现代化的一个新的里程碑。

毛泽东号召发展尖端武器

1966年10月27日凌晨，东方欲晓，微风轻拂，万里晴空。乳白色的导弹矗立在发射台上，控制室里，操作手们全神贯注地注视着各种仪表的变化。只见两颗绿色信号弹划破晨空。

"点火！"随着指挥员命令的下达，操作手迅速准确地按下了发射电钮。顷刻，巨响隆隆，大地颤抖，火光冲天，导弹像一条巨龙，载着核弹头，向千里之外的预定目标飞去。不久，落区报告，核弹精确命中目标，成功实现核爆炸。

核爆立刻震惊了世界。西方报刊惊呼：

> 中国这种闪电般的进步，是神话般地不可思议。

确实如此，从第一颗原子弹爆炸到第一枚导弹核武器诞生，美国用了13年，而我们新生的人民共和国只用了两年。

新中国成立初期，美国和苏联两个核大国都对中国发展核武器存在戒心。不同的是，美国是对中国进行核威胁，苏联则阻挠中国发展自己的核武器。

面对帝国主义的核威胁，中国决定尽快研制自己的核武器。

1955年1月15日，中央召开书记处扩大会议，毛泽东邀请李四光、钱三强汇报发展原子能的有关问题，几乎所有的书记处成员和军委首长都参加了。

会议由李四光首先发言，他谈了铀矿资源与发展原子能事业的关系和我国铀资源的预测。

钱三强也作了汇报。他说：

关于核科学研究的状况，我们经过快5年的努力，研究人员的队伍已基本形成，也出了一批科研成果。大家的愿望都是希望中央早点下决心，让我国的原子事业走上正轨，加快步伐。

毛泽东最后作了总结性发言，他指出：

现在到时候了，该抓了，只要排上日程认真抓一下，一定能搞起来。

我们只要有人，又有资源，什么奇迹都可以造出来。

1957年9月，聂荣臻率领代表团到达莫斯科，同苏联方面在火箭、航空、原子弹制造等领域对中国援助的问题进行了长达 35 天的谈判。

10 月 15 日，双方达成协议，苏联政府同意在火箭和航空新技术方面援助中国，并向中国提供一个原子弹教学模型和研制原子弹的有关技术资料。

然而，1958、1959 两年间，苏方屡次向中国提出妄图控制我国的"建立联合舰队与长波电台的建议"，遭到毛泽东和中国政府的严正拒绝。赫鲁晓夫十分不满，在这种情况下，中苏关系急转直下。

当时，中国有关方面已经盖好房子，准备陈列苏联提供的原子弹教学模型。谁知，苏共中央政治局突然开会决定，扣留已经包装好的原子弹样品和其他有关研制核武器的材料。赫鲁晓夫不相信中国能研制出核武器。他嘲笑中国说：有些人不愿意参加核保护伞，要自己搞，我看不仅得不到原子弹，到头来恐怕连裤子都穿不上。

赫鲁晓夫等人背信弃义，使苏联政府单方面撕毁了中苏关于国防新技术的协定。这使我国许多正在建设的骨干工程不得不停顿下来，使我国蒙受了巨大的经济损失，尖端核武器的研制工作也遇到了许多困难。

1960 年 7 月，聂荣臻再次向党中央和毛泽东写报告，提出了发展核科研事业的有关建议。

周恩来看后，在报告上批示：

> 主要还靠自己钻研，自己不钻，不仅不能有独特的创造发明，而且也不能把要到、学到、

买到的用于实际和有所发展。

1961年7月，聂荣臻就尖端武器的研制工作应该坚决上马的决心和理由向毛泽东、周恩来作了详细汇报。毛泽东表示同意。

核武器研制基地，不仅需要技术，也需要粮食。当时，粮食部一次就给西北核武器研制基地的3个单位调拨了数百万斤黄豆。青海省人民政府给核武器研制基地4万只羊。商业部在甘肃兰州专门为核武器研制基地设计了二级批发站。

1964年的10月16日，罗布泊地区晴空万里，碧空如洗。14时40分，即原子弹起爆前20分钟，主控制室依次下达命令："加电源""开机""预热"……在发射前10秒钟下达"启动"的命令。

在读秒到达0时，"起爆"命令发出，只见罗布泊戈壁深处出现一道红色的强烈闪光，不久出现了蘑菇云。这表明中国第一颗原子弹爆炸成功了。

在第一颗原子弹爆炸成功前夕，中央还对导弹核武器的研究和近期发展目标做了明确部署。

1966年3月11日，周恩来主持召开会议，决定在我国西北综合导弹试验基地上进行导弹核武器发射试验，并确定了试验的步骤：先进行"冷试"，即导弹不装核材料，再进行"热试"，即实施原子爆炸，核弹爆炸后的落弹区为罗布泊某核试验场。

1966年10月19日，周恩来召集聂荣臻、张爱萍和有关方面的负责人、科学家开会，研究部署导弹核武器的"热试验"问题。

毛泽东及时听取了"热试验"的情况汇报，当聂荣臻讲到各项准备工作顺利进行、"热试验"有成功的把握时，毛泽东笑着说：谁说我们中国人搞不成导弹核武器呢，现在不是搞出来了吗？毛泽东还风趣地关照聂荣臻说：

> 荣臻同志，你是常胜将军，这次试验可能打胜仗，也可能打败仗，失败了也不要紧。一定要认真充分地做好准备，要从坏处着想，不打无准备之仗。

1966年12月26日，核弹头和火箭陆续从测试场地运到发射阵地。聂荣臻来到发射架下，查看导弹头和原子弹的对接工作。27日凌晨，离导弹核武器的发射只有7小时了，弹着区却突然刮起6到7级大风。

气象保障部门的观测人员在黑夜里紧急奔赴岗位，经过实地观测天气和严格计算，判定时速50公里的大风将在发射前一小时移出弹着区，预定发射时间弹着区天气能转好。

得到这些报告，聂荣臻心里踏实了。他于第二天5时直接同北京的周恩来通话，请求批准加注燃料，进入发射状态。周恩来高兴地说：可以加注，要安全发射，祝你们成功。

8时，大风果然移出了弹着区。大风过后是难得的晴朗天气。导弹核武器的发射进入30分钟准备，发射阵地的地下控制室里，只剩下现场指挥、技术检测等7个人，其余人员都撤到了安全地带。

9时，核导弹点火升空了，随着轰隆隆一声巨响和翻滚的烟云，核弹头按预定弹道向弹着区飞去。9分14秒，核弹头按预定计划在靶心上空569米的高度上爆炸了，一个火球闪出耀眼的强光，剧烈翻腾的蘑菇云飞速上升……

这一切表明，原子弹、导弹的结合实现了，可以用于实战的导弹核武器终于试验成功了。

1967年6月17日上午8时20分，我国第一颗氢弹爆炸试验也获得完全的成功。

以两弹为代表的尖端核武器研制成功，让中国人不再惧怕那些所谓霸主强国的核威胁，中国从此可以昂首挺胸做人了。

中央指示大力发展潜艇

1974年4月的一天，代号035型明级潜艇正式交付海军潜艇部队使用。035型明级潜艇是中国自行研制的第一代常规动力鱼雷攻击潜艇。

该艇第一次采用了尖尾线型，合理布置了上层建筑的管路和阀件，缩小了甲板的空间，改进了流水孔，设计了高效率螺旋桨等。采用了航向自动操舵仪和深度自动操舵仪，在所有航速范围内潜艇保证有正常的操纵性。

035型明级潜艇的成功标志着中国常规动力潜艇由转让制造、仿制生产走向自行设计研制的阶段。

1950年8月，中国海军在北京召开建军会议，确定了中国海军建军方针：

> 以现有力量为基础，重点发展海军航空兵、潜艇和鱼雷快艇等新力量，逐步建设一支强大的海军。

会议同时决定，要优先建设潜艇部队。

1951年4月20日，海军选调275名干部、战士组成潜艇学习队，到苏联海军太平洋舰队驻旅顺老虎尾的潜艇分队学习。1952年5月，第一个潜艇基地在青岛开始修建。

1953年6月4日,中国和苏联政府签订了"海军订货协定",苏联向中国有偿转让W级常规动力攻击潜艇建造权,提供成套器材设备和设计图纸资料,由中国船厂装配制造,并派专家来华指导。

1953年,中国海军接受了苏联第一批潜艇,一艘明级和3艘S1级,并于8月20日在青岛建立了第一所潜艇学院。1954年6月19日,以旅顺潜艇学习队为基础,海军第一支潜艇部队——海军独立潜艇大队在青岛成立。

1954年6月24日,海军独立潜艇大队接收了两艘苏联M级老式小型潜艇,命名为"新中国11号"和"新中国12号"。7月,又接收了两艘苏联"斯大林"级中型潜艇,即C级中型潜艇,命名为"国防21号"和"国防22号",并开始执行远航巡逻警戒任务。

1955年9月,独立潜艇大队改编为潜艇第一支队。1956年3月26日,中国装配制造的第一艘W级潜艇下水,1957年10月验收入列,代号为03型。

1958年底,潜艇第一支队又扩编为3个支队。

1959年2月4日,中苏签订第二个海军订货协定,苏联向中国有偿转让R级常规动力攻击潜艇和G级常规动力导弹潜艇建造权,并提供设计图纸资料和一批器材设备。

1960年中苏关系破裂,苏联政府撤走专家,同时中断器材供应。面对困难,中国决心按图纸资料自行建造。

1963年8月，中国仿制的第一艘R级常规动力攻击潜艇下水，1965年9月验收入列，代号033型。

中国仿制的第一艘G级常规动力导弹潜艇于1964年9月下水，1966年8月入列，代号031型。1969年6月22日，全部采用国产材料设备建造的第一艘033型潜艇交付海军潜艇部队使用。

1969年10月，中国自行设计的第一艘常规动力攻击潜艇开工建造，1971年7月下水，1974年4月交付海军潜艇部队使用，代号035型明级。

到1976年，海军3个舰队都组建了常规动力潜艇支队。随着潜艇数量的增多和电子设备的发展，海军潜艇部队活动范围逐步扩大延伸至太平洋西部和中部海域。

1976年12月，东海舰队252艇首次突破第一岛链进入太平洋西部进行远航训练，吹响了中国海军向太平洋进军的号角。

核动力应用于潜艇是第二次世界大战之后潜艇发展的历史性突破。核潜艇具有常规潜艇无法比拟的隐蔽性好、机动性高、航速快、活动范围广、续航能力大、战斗力强等优势。

在1956年中国生产第一艘柴油动力潜艇之前，毛泽东就提出了要核动力潜艇作为国家的优选考虑。当时苏联认为中国海军使用核动力技术还不太成熟，拒绝了对中国这方面的援助。

后来，中苏关系恶化，愤怒的毛泽东说道：

> 核潜艇，一万年也要搞出来。

1958年6月27日，毛泽东批准了国防工业委员会《关于研制导弹原子潜艇》的绝密报告。在聂荣臻的主持下，中国开始了研制核潜艇的艰难历程。

1965年6月，核潜艇总体研究所上马，一支几百人的队伍，静悄悄地从北京来到四川境内的青衣江畔，开始了中国第一座潜艇核动力陆上模式堆试验基地的建设。与此同时，第一个核潜艇制造厂在辽宁葫芦岛开始兴建。

1968年11月，中国第一艘核动力攻击潜艇开工建造，1970年8月30日核动力陆上模拟堆启堆试验成功，1970年12月26日下水，1971年8月23日首次深潜试验成功，1974年8月1日正式编入海军战斗序列，命名为"长征－1"号，代号091型汉级。

1975年2月，我国第一支核动力潜艇支队在北海舰队正式组建。

从此，海军潜艇部队进入了拥有核潜艇的新阶段，中国也成为世界上第五个拥有核潜艇的国家。

五、 科技现代化

● 周恩来指出:"中国航空工业的建设道路是先搞修理,由小到大,由修理走向制造。"

● 彭真同志亲自到实验工厂视察,同时还提出:"要紧盯日本,迎头赶上。"

● 王铮指出:"加强科研,开发新技术、新产品,研制军事电子尖端技术,保证军事电子装备适时更新换代,要跳出单纯仿制的模式,不受制于人。"

中央决策发展航空科技事业

1958年12月14日16时,新中国生产的第一架"直5"直升机在试飞员钱广有、程绍英的驾驶下首飞成功。

12月16日,"直5"试制成功祝捷大会在哈尔滨举行,哈尔滨市委书记任仲夷为直升机飞行表演剪彩。

"直5"直升机试飞成功,标志着我国的航空科技发展到了新的水平,我国的航空科技在科技现代化的道路上又前进了一大步。

其实,中国的航空科技从新中国成立初就受到了中央的重视。1949年9月,毛泽东就提出:

> 我们将不但有一个强大的陆军,而且有一个强大的空军和强大的海军。

1949年3月,中央军委航空局成立了,1949年11月,中国人民解放军空军正式成立。

1950年1月5日,空军司令员刘亚楼与重工业部代部长何长工联名向中央上报《关于航空工业建设意见》,建议重工业部设立航空组。

1950年12月下旬,在北京中南海西花厅,周恩来亲自主持召开了一次会议,会议的主题是中国航空工业的创建和发展道路问题。

关于中国航空工业的发展道路,在抗美援朝战争开始以前,空军和重工业部曾经设想过,航空工业直接进入飞机的装配、制造,修理工作归空军负责,但战争的爆发,使形势发生了重大变化。经过连续几次会议讨论,最后,周恩来作了会议总结。他指出:

> 中国航空工业的建设道路,要从中国的实际情况出发,我们是先有空军,而且正在朝鲜打仗,大批作战飞机需要修理。我国是有960万平方千米的国土、五六亿人口的国家,靠买人家的飞机,搞搞修理是不行的。因此中国航空工业的建设道路是先搞修理,由小到大,由修理走向制造。

周恩来在这次会议上还作出了另一项重大决策,就是依靠苏联援助建设自己的航空工业。

1951年1月1日,受周恩来派遣,以何长工为团长,段子俊、沈鸿为团员的代表团从北京出发,赴苏谈判。

1951年10月30日,中国驻苏大使张闻天与苏联外贸部副部长柯瓦利代表双方政府正式签署了《关于苏维埃社会主义共和国联盟给予中华人民共和国在组织修理飞机、发动机和组织飞机修理厂方面技术援助的协定》。

1951年4月17日,中央人民政府军事委员会和政务院颁发了《关于航空工业建设的决定》，成立了以聂荣臻为主任、李富春为副主任的航空工业管理委员会，并在重工业部设立了航空工业管理局。

此后，在国家的统一规划下，航空管理局对接收的18个工厂进行整合调整，国家拨经费，调人员，并从苏联购买了一大批设备，中国航空工业有了初步的家底，也标志着航空工业的诞生。

1952年8月17日，周恩来亲率代表团赴苏，与苏方商谈援助中国第一个五年计划建设问题，航空工业局副局长陈平随行。关于航空工业在第一个五年计划期间的建设问题，周恩来给予了特别关注。

1952年8月27日，周恩来在航空工业局报送航空工业第一个五年计划草案上作了修改。

1952年11月，中方根据周恩来修改的航空工业"一五"计划与苏方进行谈判。最后确定了13个苏联援建中国航空工业项目。

1954年7月，新中国制造的第一架飞机"初教-5"在南昌升空。两年后又一个7月，喷气式歼击机"歼-5"又在沈阳横空出世，使中国跨进了喷气时代。

1956年，中国从苏联引进"米-4"直升机及其发动机 AⅢ-82B 制造技术。

1956年9月24日，中国航空工业局分党组作出决定，由哈尔滨飞机厂和哈尔滨东安发动机厂仿制苏联"米-4"直升机及其发动机。

哈尔滨飞机厂厂长陆纲，为试制"直5"打好基础，先组织技术骨干，修理苏联的"米－4"直升机，熟悉直升机的结构特点、工艺分离面的划分以及各大部件的协调方法等。在1957年内制订了"直5"直升机的试制总方案。

1958年1月，"米－4"直升机的技术资料和图纸到厂，陆纲即组织技术人员日夜兼程地进行翻译及学习消化。设计人员在25天内描绘出了2.5万张A4图纸，工艺人员用两个月完成了全机1000多套工装设计任务。

1958年3月，航空工业局组织沈阳飞机厂和南昌飞机厂有经验的技术人员来哈尔滨帮助工作，进一步审定工艺方案和协调路线，特别对关键部件的试制方案进行了详细讨论。

从1957年到1958年，苏联"米－4"专家组在哈尔滨飞机厂工作了两年。专家组共5人，在厂期间他们按照协议传授了直升机设计、工艺和试飞等技术，培养了一支直升机设计、工艺队伍，指导建立直升机特有的旋翼、自动倾斜器、桨毂的生产车间。

"直5"直升机共制造5架。1958年11月24日装配完成第一架供静力试验的直升机，送沈阳飞机厂强度试验室进行了静力试验。12月10日，总装完成第二架供试飞用的直升机。

12月14日，新中国生产的第一架"直5"直升机首飞成功。12月16日，举行了"直5"试制成功祝捷大会。

哈尔滨东安发动机厂依照苏联发动机进行活塞7发动机试制。从1958年1月开始，在零件制造上，除株洲发动机厂协助制造汽缸部分的26种零件外，其余1500余种零件均在该厂制造。首台发动机于1959年3月制造完成，4月30日开始试车，7月5日完成400小时台架试车，证明国产发动机符合技术要求。

在发动机试制中，遇到的一个技术关键是工厂缺少试车的专用测功设备。工厂技术人员发挥了聪明才智，利用一台苏制发动机的前机匣，成功地设计制造了测功机匣，达到了测功的技术要求。

为提请国家验收，"直5"直升机必须安装国产活塞7发动机，哈尔滨两厂密切合作，在1959年进行了13个科目的地面试验，包括重心计算、发动机、操纵系统、旋翼颤振等。

1959年11月28日至12月7日，试飞员钱广有、刘星祥对装有国产发动机的"直5"直升机进行了11小时31分的飞行试验，达到了合格要求。

1959年12月19日，国家鉴定委员会颁发了"直5"及其活塞7发动机鉴定书，同意哈尔滨飞机厂和哈尔滨东安发动机厂分别进行"直5"直升机及活塞7发动机的生产。

中国第一架直升机及其发动机的试制成功，表明中国航空工业已掌握了直升机的制造技术，为今后直升机行业的发展奠定了技术基础，同时也促进了中国航空科技现代化。

中央大力促进半导体科技发展

1964 年,在北京展览馆,新中国成立后第一次新技术展览会正在举行。在这次展览会上,展出了国内工业和科技部门的新技术产品。

在电子产品中,有一种超小型的半导体收音机,体积小到可以放在手掌心里,但是没有注明生产部门。当时人们都还在使用较大型的台式电子管收音机,从未见过这样小巧玲珑的国产袖珍收音机。

当时国际上也只有日本等少数国家能生产,因此它引起许多人的注目和惊喜,他们还打听从哪里可以买到这种收音机。

其实,这台收音机是由非电子工业技术专业的公安部的几个小厂协作生产出来的。它的产生与一次日本商品展览会还有关系。

1961 年国庆节后,日本在北京展览馆举办了日本商品展览会,当时中日尚未建交,这是新中国成立后日本第一次在我国举办这样的大型展览。

当时社会谣传这次展出要发售半导体收音机,所以展览会开幕那天,人特别多,把会场栏杆都挤坏了,影响很不好。外国通信媒体对此作了夸张渲染的报道。

周恩来听了很生气,说:"中国人要有志气嘛!"当时，丁兆甲等公安部十二局的一些同志听到后，深有感慨，有了自力更生试制半导体收音机的念头。

这一想法得到公安部常务副部长徐子荣的赞同。于是便决定由十二局直接来策划方案，由时任十二局副局长的丁兆甲和时任北京实验厂厂长的路群同志组织实施。

公安部有一个专为公安业务服务的北京实验工厂，规模虽不很大，但设备齐全，工人和技术人员较精干，科技门类和工种也配套，还有受公安部和省市公安厅局双重领导的几个地方工厂可以协作。

当时辽宁省厅的辽河实验工厂研制的锗晶体管，已能稳定地批量生产高频和低频系列的锗晶体三极管，尤其是采用辽河厂的开关管性能稳定可靠，能经受长期的使用考验。

有了半导体管，试制收音机就具有了可靠的条件，但是要做成像日本产品那样小的收音机，还需要有一整套相应的超小型元器件配套，并采取分立式插入印刷电路板等新工艺，还要有超小型的叠层电池装入机壳中才能使用。

而当时国内还处在普遍应用电子真空管的时代，要搞这个项目确有很多困难。丁兆甲和工厂负责人路群、孙于时、章绍瑾及技术人员开始一起研究这个问题。

关于如何试制的问题，开始时曾作了几种方案的考虑，是依靠外单位协作还是由自己搞的方案进行了讨论比较，但外单位也没有现成产品可供利用，仍需要从头开始试制，这样可能时间拖得长，质量也难以保证。

经过权衡利弊，最后大家决定还在本部门试制配套超小型元器件。同时，丁兆甲他们还为此制定了技术质量指标，要求体积也不能大于日本当时同类的商品。

经过讨论以后，他们确定在北京实验厂成立第二试验室，由彭泽民、徐锡勋、王寄琴等搞电路设计、总装测试。由第一试验室的吕明初、沈树芳、邱朝潜、杜荣睿、高幼珍、陆皓良、刘业清等搞铁氧体磁性天线和振荡线圈、中周、低频变压器、陶瓷电容片、热敏电阻、可变双联电容器和印刷电路工艺等。

技术科的范信能、刘淑芳、张静华和车间的李寿平、陆孝聪等搞总体结构、金属和塑料外壳的模具设计及工艺，谷宪文搞机壳外形美术设计，还添置了必要设备，立即运作起来。经过动员，参加人员热情很高，都愿为争取早出国产半导体收音机而作贡献。

大家克服没有参考资料的困难，精心设计，投入试制工作，工厂各科室、车间也积极配合协作，大开绿灯。在统一布置要求下，有关地方工厂也齐心协力，辽宁省辽河实验工厂厂长孙振凯如期送来高增益低噪声的筒式晶体管；武汉实验工厂厂长彭其光加紧试制出小块的9伏叠层电池；上海市公安局的吴星处长亲自抓上海实验工厂，生产了音色丰富的小扬声器；杭州实验厂的蒋开福工程师经过反复测试，生产了精密的超小型接插件；哈尔滨实验工厂也生产出了立式小型电解电容器等。

参加试制的技术人员、工人、管理和后勤人员,都干劲十足、精心地夜以继日地投入工作,由于元器件质量好,保证了试制整机的质量要求,也加快了整机试制步伐,缩短了试制样机到定型投产的周期。

从1962年冬正式开始到1963年秋,历时10个月就试制出两批样机,经一再改进而定型。这种定型后的6晶体管超外差式中波收音机,具有体积小、重量轻的特点。它全部使用自制超小型元器件,在国内是首创。这种新式收音机灵敏度高,噪音低,杂波干扰少,在云南等边远山区均可清晰地收听中央电台广播。

样品经过了各种例行试验,开始进行批量生产。第一批先装配了100台,取名为鹦鹉牌,以后又陆续批量生产。先在内部发售了两种规格的2000余台,当时出国访问的代表团还将它作为礼品赠给朝鲜等国。

试制成功后,公安部领导彭真同志亲自到实验工厂视察,同时还提出:"要紧盯日本,迎头赶上。"

公安部副部长汪东兴说:毛主席和周总理都很关心我国科技事业的发展,对我国能否自制半导体收音机的事也很关注。他还提出把这种小收音机向毛泽东和周恩来作汇报。当时厂里选了两台由汪东兴送去了。

毛泽东见到这样小巧灵敏的收音机很高兴,问汪东兴,这是劳改工厂的产品吗?汪东兴告诉他,这是公安部技术局工厂生产的。

毛泽东拿出日本的收音机作了比试后,感到很欣慰,说:"这可是尖端呵!"当即把日本友人送他的一台半导体收音机交给汪东兴,要他转赠公安部工厂作研究参考,并指示说:"要他们精益求精。"

周恩来看了也很高兴,把日本友人送他的半导体收音机也转送给工厂参考。工厂收到两位中央首长的收音机后,全体人员都特别高兴,受到很大鼓舞。

为了推广他们的经验,邓小平同志主持中央书记处召开专门会议,讨论了发展我国电子新技术和半导体生产的问题,这次会议对我国科技现代化起了积极的促进作用。

1964年国家举办新技术展览会时,四机部王铮部长特别指定鹦鹉牌收音机参加展出,并颁发了国家电子产品三等奖。

公安部十二局研制的第一部超小型半导体收音机,促进了中国的半导体科技的发展进步,也为中国的科技现代化增添了光彩。

中央推动电子科技现代化

1963年11月1日,国民党再次派出"U-2"型高空侦察机侵入大陆领空。中国导弹部队岳振华营向空中连续发出两枚导弹,准确击中国民党空军第五联队少校叶常棣驾驶的侦察机。

消息传出,国际军事界惊叹不已。从此,蒋美侦察机再也不敢肆无忌惮地出没在大陆上空。这是我国电子通信事业在王铮带领下为国防事业作出的重大贡献。

1950年5月,在原军委三局的基础上,中央人民政府人民革命军事委员会通信部正式成立。中央人民政府人民革命军事委员会通信部简称军委通信部。

1956年4月13日,中央军委又决定成立中国人民解放军通信兵部,行使兵种领导机构职权,王铮任主任,同时兼军事电子学研究院院长。

1963年初,党中央、国务院决定以第三机械工业部第十局无线电工业管理局为基础,组建第四机械工业部,任命具有几十年无线电通信工作经验的王铮为部长。第四机械工业部的主要任务是:

为适应我国国民经济发展的需要,无线电工业,即电子工业,要以军为主,军民结合,统一规划与管理全国的无线电工业，加速发展新技术，为国防和国民经济建设提供先进的电子装备。

王铮到任后，多次开会分析当时的国际国内形势、我国电子工业概况、与世界电子技术的差距、敌对势力对我国的封锁，以及无线电工业部的基本任务。在一次党组会上，王铮指出：

> 我们要贯彻执行"以军为主，军民结合"的方针，就应"寓军于民，以民养军"。要下最大的决心，集中人力、物力、财力形成优势。
>
> 第一，加强科研，开发新技术、新产品，研制军事电子尖端技术，保证军事电子装备适时更新换代，要跳出单纯仿制的模式，不受制于人。
>
> …………
>
> 现在，半导体技术是国际上一种新兴技术、西欧各工业强国只注重发展电子管技术，而美国、日本以发展半导体器件为代表的微电子技术，进而形成了两大发展趋势。
>
> 目前，我国与日本在半导体技术方面的水平已有差距。我认为：应成立一个专门机构"全国半导体器件专业委员会"，同若干研究所、

工厂认真研究协调,并强调注重半导体技术的发展与应用。

上述各要点经党组会讨论后,一致同意提交电子工业领导干部会上讨论,制定具体的政策与措施,积极组织实施。

1963年4月,王铮首先从陆军通信装备改进设计结构出发,提出了对现有通信机产品进行革新,搞"系列化、小型化、半导体化"的建议。根据王铮的指示,第四机械工业部二局与通信兵部及使用单位先拟订了陆军用的几种产品整机的系列化、半导体化、小型化方案。

为实现这些产品的"三化",王铮召集了100多个有关单位的总工程师、设计科长及有关同志,群策群力,动脑筋想办法。

按照试用、改进、再试用、再改进的辩证唯物论路线,王铮主持的第四机械工业部很快走出了一条自行设计、成龙配套生产我军通信设备、以军带民发展应用半导体新技术的可行之路,并且越走越宽广,使当时濒于停顿的半导体技术首先应用于军事通信装备的改革中,并通过产品订货促进了我国半导体技术的长足发展。

1963年3月9日至9月25日,国民党空军"U-2"型飞机多次深入我国西北地区侦察,3次飞入地空导弹设伏地点,均因其使用预警系统,及时改变了飞行航向,避开了导弹的打击。

当王铮在一份"情况通报"中看到这则消息时,对这个问题作了深入的思考。王铮认为,敌"U-2"型飞机之所以能避开我地面导弹的攻击,关键是他们的机载雷达接收机在起作用。

于是,王铮调集第四机械工业部的人马,为导弹部队攻克技术难关。在王铮派出的第四机械工业部专家的指导帮助下,导弹部队的官兵很快制订了一个使"U-2"型飞机落入"陷阱"的周密计划。他们更换了电器元件并采用了各种技术手段,从而改变了地空导弹制导站搜索雷达信号的各种参数,使之酷似一个普通的高炮雷达,从而诱使敌机丧失警惕。

为集中优势兵力打歼灭战,中央军委副主席聂荣臻建议将几个地空导弹营统一部署,集中使用,组成大面积有机结合的火力网。根据这一指示,空军将几个营机动到江西弋阳至衢州160公里的拦截正面集体待命。

1963年11月1日,当国民党"U-2"型高空侦察机再次出现时,被我军导弹部队迅速击落。

王铮通过一系列的正确决策和实践,为中国的电子通信科技现代化作出了重要贡献。

毛泽东号召发展航天科技

1970年4月24日,阳春天气,是温暖而又美丽的一天。15时50分,周恩来电话告知国防科委副主任罗舜初:

> 毛泽东主席已经批准这次发射,希望大家鼓足干劲,过细地做工作,要一次成功,为祖国争光。

21时35分,卫星发射时刻终于到来了。"东方红-1"号随"长征-1"号运载火箭在发动机的轰鸣中离开了发射台。21时48分,星箭分离,卫星入轨。

21时50分,国家广播事业局报告,收到中国第一颗卫星播送的《东方红》乐音,声音清晰洪亮。

"东方红-1"号在太空昼夜不停地向全球播放《东方红》乐曲和遥测信号,向全世界宣布中国已进入宇宙空间。这同时也标志着中国的航天科技在现代化道路上又迈出了一大步。

新中国成立之初,中共中央领导就十分关注中国的航天事业。这和当时的国际环境有很大关系。新中国建立后,领袖层明显地感觉到外来威胁的存在。因此国防科学技术的发展成为重要的议题。

当时这些技术的唯一来源是盟友苏联，然而苏联当时只同意接受 50 名中国留学生，不愿进行具体的技术援助。就在五星红旗升起的第二个月，中国科学院宣告成立，新的中央政府发出"向科学进军"的号召，并召唤海外学子回国。

1955 年秋天的一个早晨，钱学森和他的夫人终于回到了祖国。在此之前，由于钱学森在美国从事的是高精导弹技术的研究，因此在他提出希望回国的意愿时，美国有人声称宁愿枪毙他，也不能放他回赤色中国。经过中国政府的努力，钱学森终于安全回国。

1956 年 2 月，钱学森向国务院提交了一份《关于建立我国国防航空工业的意见书》，最先为我国航天科技的发展提出了极为重要的实施方案。

1956 年 3 月，国务院制定《1956 年至 1967 年科学技术发展远景规划纲要（草案）》，其中提出要在 12 年内使中国喷气和火箭技术走上独立发展的道路。

1956 年 4 月，中华人民共和国航空工业委员会成立，统一领导中国的航空和火箭事业。聂荣臻任主任，黄克诚、赵尔陆任副主任。

1956 年 10 月 8 日，聂荣臻亲自主持五院成立仪式。钱学森任院长，刘有光为政委。然而当时他们的全体部下，新调来的 156 名大学生和五院当时的各级干部，别说导弹的基本概念，就是导弹的模样也没人见过。大学生朱礼文说：

> 当时我没有想到，因为我学的是飞机设计啊，我好多同学都去搞飞机，但是最后分配的时候，分配到我们的五院，就来搞火箭，这是我当初没想到的。

1957年12月24日，一辆从莫斯科出发的专列抵达北京。车上除102名苏联导弹技术人员外，还有一份苏联送给中国的厚礼，两发"P-1"近程地地导弹。

由于设计图纸和工艺工装资料没有同时到达，而国家又急着要导弹，当时中国人的当务之急是分解导弹结构，照猫画虎，测绘出所有零部件的尺寸，以供生产加工部门仿制。

要拆卸一个直径两米、长度近20米的导弹并不是件容易的事。从弹体、发动机到每一个螺钉、垫圈，都被细心地拆下包装做好记号拿去测绘。

这一过程进行了半年的时间，所有参加的人员都被兴奋所笼罩，天天通宵达旦、日夜苦战。很快，工厂就加工出一大批零部件，然而等到年底苏方的原文资料图纸到达后一对照，所有人心都凉了半截。

原来之前那种靠简单测绘生产出来的产品与尖端科技产品的技术与质量要求有很大差距，先前自制的零部件大部分要返修或者成为废品，仿制工作遭到第一次挫折，也为中国的导弹事业提供了经验。

1958年1月，国防部制定了"喷气与火箭技术十年发展规划纲要"。苏联第一颗人造地球卫星发射之后，中国一些著名科学家建议开展中国卫星工程的研究工作。一些高等院校也开始进行有关学术活动。

中国科学院由钱学森、赵九章等科学家负责拟订发展人造卫星的规划草案，代号为"581"任务，成立了"581小组"，议定建立3个设计院。1958年8月，第一设计院成立。11月，迁往上海，改名为中国科学院上海机电设计院。

1960年2月19日，在上海南汇简易发射场，许多科学家正在紧张地盯着一个指向天空的金属物体。这是上海机电设计院自行设计制造的火箭——"T-7M"试验型液体燃料探空火箭。

随着一声巨响，"T-7M"迅速飞向蓝天，越来越高，最终在人们的视线中消失。发射场上响起了人们的一片欢呼，机电设计院的科学家们拥抱在一起，激动得热泪盈眶，相互庆祝这次成功的发射。

这枚火箭试射成功，开始了中国的"空间时代"。这是中国探空火箭技术取得的第一个具有工程实践意义的成果。

1960年6月，最后一批苏联专家撤走。就在苏联撤走专家17天后的1960年9月10日，中国第一次在自己的国土上，用苏联专家认为会爆炸的中国自己生产的国产燃料，成功地发射了一枚苏制"P-2"导弹。

而这时，中国人按照苏联提供的图纸仿制出来的火箭，也开始进入最后的组装。人们把新中国航天人自己制造出来的第一枚火箭命名为"东风-1"号。

1960年10月27日13时20分，经过五天五夜的行军，"东风-1"号专列抵达酒泉发射中心。1960年11月5日上午9时，中国第一枚仿制的导弹火箭"东风-1"号点火，发射成功。

1965年10月20日，第一颗卫星方案论证大会开始，由于内容庞杂，问题繁多，到1965年11月30日才告结束，历时42天。会议基本完成了预期的要求，论证了第一颗人造卫星的技术方案、进度计划和条件保证，部分同志还研究了分工协作和技术管理办法。

1970年4月24日，"东方红-1"号随"长征-1"号运载火箭在发动机的轰鸣中离开了发射台。

火箭、卫星的相继发射成功，为中国航天技术的发展打下了极为坚实的根基，带动了中国航天工业的兴起，使中国的航天技术与世界航天技术前沿保持同步，标志着中国进入了航天时代。

本书主要参考资料

《国史全鉴》 本书编委会编 团结出版社
《共和国五十年珍贵档案》 中央档案馆编 中国档案出版社
《中国现代史资料选辑》 彭明主编 中国人民大学出版社
《开国部长》 文辉抗 叶健君编著 湖南人民出版社
《向科学进军》 路甬祥主编 科学出版社
《华夏金秋》 柏福临主编 吉林大学出版社
《若干重大决策与事件的回顾》 薄一波著 中共中央党校出版社
《中南海三代领导集体与共和国科教实录》 岳庆平等编 中国经济出版社
《中南海三代领导集体与共和国经济实录》 王瑞璞等编 中国经济出版社
《周恩来选集》 中共中央文献研究室编辑委员会编 人民出版社
《周恩来经济文选》 中共中央文献研究室编辑委员会编 中央文献出版社